天敵御曹司は愛を知ら を囲い堕とす

～一夜限りのはずが、カタブツ秘書は仕組 溺愛から逃げられない～

m a r m a l a d e b u n k o

田崎くるみ

marmalade bunko
マーマレード文庫

目次

天敵御曹司は愛を知らない偽婚約者を囲い堕とす
～一夜限りのはずが、カタブツ秘書は仕組まれた溺愛から逃げられない～

プロローグ

薄暗い室内に響くのは、お互いの甘い吐息とベッドのスプリングが軋《きし》む音。

私に覆い被《かぶ》さっている彼の額には汗が光っていて、大きな背中に回した手にもじんわりと汗が滲《にじ》む。

「俺の名前だよ。……呼んでよ、愛実《あいみ》」

そう言いながら彼は小刻みに腰を動かす。

「ひゃっ！　ま、待って」

「止《や》めてほしかったら名前で呼んで」

再度催促され、恥ずかしい気持ちでいっぱいになりながらも「優馬《ゆうま》さん」と呼べば、彼はなぜか激しく腰を打ちつけた。

「あっ、なん、でっ⁉」

「悪い、破壊力にやられた」

どういう意味？なんて聞く余裕はなく、私はただ彼に与えられる快楽に溺れていった。

肌と肌が触れ合って感じる熱も、自分とは違う逞《たくま》しい身体《からだ》も、男性の甘い声も全部初めて知った。

今まで身体を重ねることに魅力を感じていなかったが、これ以上の幸せを感じる行為はないと思うほど。

私は彼から嫌っていうほどに愛されて、幸せな感情を思い知らされたんだ。

私がワンナイトを体験するなんて

まだ満員になる前の電車に揺られて向かうのは、都内のオフィス街に所在するサクラバ食品。大学を卒業後に入社して、早五年が過ぎた。

カップ麺や菓子、レトルト食品など幅広い商品を開発、製造、販売している。国内食品製造会社の大手であり、総従業員数は一万五千人ほど。

全国に支社がある中で私、如月《きさらぎ》愛実が配属された先は本社の秘書課。大学在学中に多くの資格を取得していたのも大きかったようで、配属されて一年後には八歳年上の先輩、大宮静香《おおみやしずか》のサポート役として会長秘書に就いた。

そこから多くのことを学び、つい一年半前に社長のご子息である桜葉《さくらば》海斗《かいと》さんが副社長へ就任すると同時に、私も副社長秘書になったのだ。

毎朝電車の中では、その日の株価やニュースなどに目を通している。いつ、どこで仕事に役立つかわからないから、できるだけ朝のうちに多くの情報をインプットしているのだ。

最寄り駅に到着し、駅の改札口を抜けて本社ビルを目指す。

サクラバ食品は、近年では世界各国への輸出も好成績を上げている。その立役者が副社長だ。一から新規部門を立ち上げて海外展開に尽力されてきた。

そんな彼の活躍をおもしろくないと思う専務派という派閥があるが、社員は副社長を支持している者が多い。

何事にも真摯に取り組まれ、部下に配慮できる心の余裕もある。尊敬できる上司のもとで働かせてもらえることは幸せだ。

いつも一時間早く会社へ向かう。副社長が出社する前にやることはたくさんある。

まずは副社長室の掃除からスタートし、少しでも多忙な彼の心の癒やしになってもらえればという願いを込めて育て始めた季節の花や観葉植物に水をあげる。

それから彼が毎朝必ず飲む珈琲《コーヒー》をセットする。急な来客にも対応できるように、お茶請《ちゃう》けの準備もしておく。

その後はその日のスケジュールを把握し、メールへの返信や郵便物の確認を進める。そうこうしているうちに一時間はあっという間に過ぎていくのだ。

「そろそろ副社長が来る時間だ」

最後のメールに返信をして急いで席を立つ。化粧室へと向かい、身だしなみを整えた。

鏡に映る私の目はよく言えば猫目。悪く言えば釣り目で、昔から周りにきつい印象を与えている。

おかげで私の第一印象は、決まって『怖い』『きつそう』『性格悪そう』だ。

それは社会人になっても変わらず……いや、学生時代よりも初対面の人に悪い印象を持たれることが増えている気さえする。しかしそれは、ある理由からでもあった。

スーツの襟をしっかりと直して口紅を塗り直す。

「よし、今日も気合いを入れていこう」

鏡に映る自分に声をかけて化粧室を後にした。

時刻は八時五分前。決まって彼はこの時間に出社する。

「おはよう」

「おはようございます」

片手を上げて部屋に入ってきた副社長に挨拶をして、すぐに珈琲を淹《い》れて持っていく。

「どうぞ」

出社してすぐにタブレットを使用して資料に目を通す彼のデスクに、そっと珈琲カップを置いた。

「ありがとう」

爽やかな朝に似合う眩《まぶ》しい笑顔に、これまで何人の女性の心が奪われてきただろうか。社内での人気はもちろんのこと、社外でも副社長の人気は凄《すさ》まじい。

副社長が円滑に業務を進められるようにサポートするのも秘書の務め。私は私の業務を全うするために、不埒《ふらち》な理由で近づく女性から彼を守ってきた。

たとえば取引先のご令嬢や社交の場で出会った女性が副社長に好意を寄せ、その言動がエスカレートして急に会社に押しかけてきたり、贈り物をしてきたりする。

その対応に当たるのだが、毅然《きぜん》とした態度で接しなければ相手は理解してくれない。

はじめはわからず、下手《したて》に出ていたら舐《な》められてまったく聞き入れてもらえなかった。

それからは心を鬼にして、副社長に邪《よこしま》な感情を持って近づく女性を牽制《けんせい》してきた。

周りからの私の印象は最悪だろう。

私も副社長に好意を寄せていて、他の女性を近づけないようにしているなど不本意な噂《うわさ》も広まっているようだが、そのおかげで副社長に近づく女性が減れば私の仕事も減るためあえて表立って否定はしていない。

もちろん副社長にはそのような噂が流れていると伝えた上で、はっきりと「副社長に対して恋愛感情はいっさい持ち合わせておりません」と宣言した。

副社長には笑いながら「如月らしいな」と言われてしまったが。でも事実だ。どんなに彼がカッコよくてみんなが憧れている人だろうが、私は彼に尊敬できる上司以上の感情を持ち合わせていない。

副社長が珈琲を飲んで一息ついたところで、自分のデスクから手帳を持ってきて開いた。

「副社長、本日の予定を確認させていただいてもよろしいでしょうか？」

「あぁ、頼む」

昨日のうちに次の日の予定は伝えてあるが、キャンセルや急な会議や会食が入ることもあるため、朝もふたりで確認していく。

「今日もなかなかハードな一日になりそうだが、よろしく頼む」

「もちろんです。本日もよろしくお願いいたします」

まずは朝一で社内会議が入っている。

「さっそくですが、先ほど追加で会議に使用する資料がメールで送られてきました。副社長のタブレットにも届いていると思いますので、ご確認いただけますか？」

「……本当だ、気づかなかった。ありがとう」

「とんでもございません。では私は午前中に、会食する取引先への手土産を購入してまいります」

「あぁ、ありがとう」

空になった珈琲カップを下げて自分のデスクに戻り、さっそく取引先の好みの物を調べていく。

たしかあの方は甘党で、和菓子がお好きだったはず。早い時間に買いに行けるから、数量限定品や開店後すぐに売り切れてしまう物も狙えそうだ。

何点かピックアップすると、会議に出る副社長を見送り、自分も秘書課での会議に出席する。それから急いで会社を出た。

開店前の長い行列に並んで、無事に一日限定五十点の芋羊羹《いもようかん》を購入することができそうだ。自分の番となり、支払いを済ませて店を出る。すると急に肩を叩《たた》かれた。

驚いて振り返ると、そこにはいたずらが成功したように笑う同期の泉川享也《いずみかわきょうや》が立っていた。

「びっくりした。声くらいかけてよ」

「鉄仮面と呼ばれている如月を驚かせることができて、朝から満足だ」

失礼なことを言うこの人は、営業部のエース的存在。整った容姿をしていて、仕事ができるとなれば人気にならないわけがない。彼に憧れている女性は多くいる。

「しかし、最初に如月のことを〝鉄仮面〟って呼び始めたのは誰だろうな。ひどい呼び名だ」

「どの口が言ってるの？」

今、まさに自分で言ったというのに。

ジロリと睨《にら》めば、彼は可笑《おか》しそうに笑う。

「悪い、悪い。みんなにも、意外と表情豊かな如月を知ってほしいなと思ってさ」

「べつに私はそう思わないから大丈夫」

歩き始めれば、彼もまた私と肩を並べた。

「まぁ、たしかに煩わしい関係性を築くのは面倒だな。それに社内では俺という気心が知れた同期がいるから大丈夫か」

「そうね、大丈夫だわ」

棒読みで返せば、泉川君はまた声を上げて笑う。まったくなにがそんなにおもしろいのか理解できない。

泉川君と初めて言葉を交わしたのは同期会の時だった。一回目の同期会は親睦を深めるために全員参加が必須で渋々行ったものの、すっかり仲が良いグループが出来上がっていて、私はぽつんとひとりで飲んでいたところに彼が声をかけてきたのだ。

どうやら泉川君はひとりの私を不憫《ふびん》に思ったようだったので、私は私で楽しんで飲んでいるから気にしなくていい。みんなのところに行ってと伝えたところ、おもしろいやつ認定をされてしまった。

そこからなにかと彼に声をかけられるようになり、今では同期の中で唯一気兼ねなく話せる存在となっている。

「泉川君も取引先への手土産を買いにきたの？」

彼の手にも私と同じ紙袋があるから聞いてみたが、違ったようで首を横に振った。

「いや、朝一で取引先に謝罪に行った帰りで、静香さんが食べたいって言っていた芋羊羹が売っていたから並んで買ったんだ」

「勤務中になにやってるのよ」

「固いこと言うなよ。俺と如月の仲じゃん」

私の肩を肘で突いてくるものだから、手で払いのけた。

「大宮さんに、勤務中にさぼって買ったものですって言いつけるわよ？」

「それは勘弁してくれ。真面目な静香さんに嫌われるだろうが」

途端に慌て出した彼は、相当大宮さんに惚《ほ》れ込んでいる。

泉川君の三年越しの片想《かたおも》いの末、私の先輩である大宮さんと交際が始まって一年になる。泉川君は大宮さんしか目に入っておらず、とにかく大好きでたまらないといった様子。

大宮さんはとにかく仕事ができる。同性の私から見てもカッコいい女性だ。それでいて面倒見がよくて、サバサバした性格。

私のことも理解してくれていて、仕事のことや同僚との関係で悩んでいるとよく相談にも乗ってくれている。泉川君が惚れるのも納得できる。

そんな大宮さんは入社以降、ずっと会長秘書として働いてきたため、多忙で恋愛から遠ざかっていたようで、泉川君に告白されても最初は断ったそう。

恋愛に消極的だった大宮さんに、泉川君は何度も自分の気持ちを伝え続けて想いが実ったのだ。

もちろん大宮さんも泉川君のことを好いているけれど、八つの歳《とし》の差がどうしても気になっているらしく、社内では秘密にしているようだ。

そのおかげで、同期でなにかと仲が良い私と泉川君が付き合っているんじゃないかという噂も流れているようで、私は副社長と泉川君ふたりを狙っている性悪女なんてことも言われている。

私の悪い噂を消すために、ふたりには何度も交際していることを公表してもいいと言われているのだが、大宮さんは本音ではまだ歳の差が気になるようで、泉川君との交際を隠したいと思っているのが感じ取れる。泉川君は今すぐにでも公にしたいようだけど。

大宮さんにはお世話になっているし、今さら悪い噂がひとつ増えたところでなんとも思わないから、気にしなくていいと伝えている。

それにこういうことは、今に始まったことではない。

幼い頃に両親が離婚し、母が女手ひとつで苦労しながら私を育ててくれた。どんなに疲れていても私との時間を大切にしてくれた母に少しでも楽をさせてあげたくて、家の手伝いなど積極的にするようになった。

そのため友達と遊ぶ時間が減り、付き合いが悪い私は次第に避けられるようになり、みんなして私を笑い者にした時期があった。

ひとりになっても全然気にしない私が気に食わなかったのか、今度は根も葉もない噂を立てられた。それもつい最近まで仲良くしていた子たちにだ。

最初は寂しかったが、いつも友達と一緒に行動したり、遊びに行けば欲しくもない物をお揃《そろ》いで買ったり、話を合わせないと不服そうな顔をされたりするのを正直煩わしくも思っていた。

小学六年生にして私は女子との付き合いに見切りをつけ、友達とも遊ばず、母に苦労をかけたくなくて中学校に入学してからは勉強に励んだ。

そのおかげで難関高校や大学にも進学し、こうしてサクラバ食品に入社することができた。母も内定をもらった時は、泣いて喜んでくれたほど。

しかし同性への苦手意識は今も変わらずで、自分から積極的に仲良くしたいと思えない。

でもこうして気兼ねなく話せる同期と、私のことを理解してくれて、見守ってくれる先輩の大宮さんもいる。

それに、大変だけれど頑張った分だけ成果を認められるやりがいのある仕事もある。私はなかなか幸せな生活を送っていると思う。

「泉川君も会社に戻るの？」

「あぁ。午後からまた営業回りだから事務作業を進めないと」

「大変ね」

「それを言ったら如月のほうだろ。あのクールな副社長の秘書なんてよく務まるよ。俺なら息が詰まって苦しくて無理だ」

首を絞める真似《まね》をする泉川君に苦笑いしてしまう。

どうも副社長は仕事はできて支持はされているものの、社員にとって近寄りがたい存在のようだ。まぁ、私も最初は気難しい人の下でやっていけるか多少不安はあったものの、実際の副社長は真面目で優しくもある。

どうやら副社長自身も社員にどう思われているかわかっているようだが、仕事を円滑に進めるためには多少恐れられていたほうがいいそう。

だから私もこういう場面に出くわしても、本当の副社長は違うと否定していなかった。

「つらいことがあったら、いつでも愚痴っていいからな？　如月には静香さんとの仲を取り持ってもらった恩があるし、恩返しさせてくれ」

「恩返しだなんて大袈裟《おおげさ》よ」

私はただ大宮さんに、泉川君がどんな人なのかを伝えただけ。

「大袈裟なもんか。如月が俺のことを静香さんに話してくれなかったら、きっと好きになってもらえなかったよ。信頼できる部下が褒める人だから、俺に興味を持ったって言ってたし」

大宮さんが私のことを『信頼できる部下』と思ってくれているのが嬉《うれ》しい。

「それじゃもっと信頼してもらえるように、嘘《うそ》偽りなく泉川君が勤務中に芋羊羹を買ったことを報告したほうがいいね」

「おい、どうしてそうなる！」

鋭い突っ込みをしてきた泉川君に、つい笑ってしまった。

そのままふたりで会社に戻り、廊下で別れた。副社長はまだ会議中のようで、副社長室の自分のデスクで仕事をしていたところ内線が鳴った。

電話は受付からで、副社長にアポがない女性が来ているとのこと。とにかく副社長に会わせての一点張りで埒が明かないため、電話をしてきたようだ。

「わかりました、すぐそちらに向かいます」

電話を切ったら自然とため息が零《こぼ》れる。

こういうことは今月も今日が初めてではない。そんなに頻繁にあるのなら、なおさら警備が対応すべきに見えるかもしれないが、相手に問題がある。取引先の令嬢といった立場の方が多いため、警備も相手に強く出られないのだ。だから事情を知っている者が対応しなくてはいけない。

一階に下りて受付に向かっていると、女性の甲高い声が聞こえてきた。

「ちょっと、いつまで私を待たせるつもり!?」

見えてきたのは、つい先日の取引先の創設記念パーティーで副社長に好意がある素振りを見せていた女性だった。

それも主催会社の社長令嬢だ。警備員も迂闊《うかつ》に介入できず、遠巻きに様子を見守っていた。一度立ち止まり、小さく深呼吸をする。そして真《ま》っ直《す》ぐに受付へと向かった。

私の姿が視界に入ると、受付の女性が安堵《あんど》した表情を見せた。

「すみません、如月さん。大木《おおき》様が副社長にお会いしたいとおっしゃっていて……アポがないと取り次ぐことはできないとご説明したのですが……」

言葉を濁しながら受付の女性がチラッと見ると、彼女は怒りを露《あら》わにしている。

「ちょっと、まるで私が悪いみたいな言い方をしないでくれる?」

実際、どう見たって彼女が悪いのだが、取引先の社長令嬢相手に誰も言えるわけがない。まずは彼女を落ち着かせないと話ができる雰囲気ではなさそうだ。

一歩近づき、彼女に向かって深く頭を下げた。

「大木様、ご無沙汰しております。先日のパーティーで一度挨拶をさせていただきました、桜葉の秘書を務めております如月です」

「如月さんって……海斗さんの秘書ね!」

私が副社長の秘書だと思い出したようで、パッと表情が笑顔に変わり駆け寄ってきた。

「話がわかる人が来てくれてよかったわ！　海斗さんに今すぐ会わせて。まったく海斗さんってばひどいのよ？　今度ゆっくり食事に行きましょうって言ったのに連絡してくれないの」

食事の話をした時は私もいたが、副社長は決して彼女とふたりっきりで行くと約束をしたわけではない。

その場には他に彼女の父親である社長もおり、あくまで社長とふたりで仕事は抜きにゆっくり食事でもしようという話になっていたからだ。

それをどのように勘違いをして自分と行くと解釈したのか、理解に苦しむ。社長とだって社交辞令のようなもの。正式な約束はしていなかった。

「海斗さんと行こうと思うお店をピックアップしてみたの。だから彼に相談したくて……。海斗さんは今、どこにいるの？　早く会わせてくれない？」

期待に満ちた目を向ける彼女に対し、できるだけ刺激しないように言葉を選びながら説明していった。

「申し訳ございません、大木様。桜葉は今、会議に出席しておりまして、対応いたしかねます」

「あら、そう。じゃあ会議が終わるまで待たせてもらうわ」

颯爽《さっそう》と歩き出した彼女に、慌てて行く手を阻むように立つ。

「お待ちください。桜葉は本日多忙なスケジュールとなっております」

「空き時間に少し話せるだけでいいのよ。それか連絡先を交換するだけでもいいし」

どうやら一筋縄ではいかないようだ。ここははっきりと言わなくては伝わらないだろう。

「大木様、大変申し訳ございませんが、受付の者もお伝えした通り、アポがないと桜葉に取り次ぐことができません」

私がそう告げると、彼女は鋭い目を向けた。

「どうして？　私は海斗さんの彼女なのよ？　それにアポならあなたが今取ればいいだけじゃない」

いつの間に副社長の彼女になったのか……。しかし、こういう女性は何人もいた。少し副社長と言葉を交わしただけで恋人になったと勘違いをしてしまう。

彼にしてみれば、仕事上話しただけだが、それだけで女性を骨抜きにしてしまうなんて、つくづく罪作りな人だと思う。

事実を告げた後のことが怖いが、このまま彼女が社内に乗り込んできたら大問題になる。

「大木様、大変申し上げにくいのですが、桜葉には恋人の存在はございません」

「それは当たり前でしょ？　私が彼女なんだから」

怒りが募っているのか、彼女は声を荒らげる。それでも私は怯《ひる》むことなく冷静に伝えていった。

「いいえ、大木様でもございません。それにたとえ大木様が恋人だとしても、桜葉は勤務中に恋人を会社に招くような者ではありません。それにここで押しかけられましたら、桜葉からの好感度は下がるだけですよ」

「なっ……！」

図星を指されたからか、彼女は顔を真っ赤にさせる。

「海斗さんの秘書だからっていい気になって……っ！　あなただってどうせ彼目当てで卑怯《ひきょう》な手を使って秘書になったんでしょ⁉」

「いいえ、私は桜葉に対して、邪な感情はいっさい持ち合わせておりません」

すぐに答えれば、彼女はカッとなって手を振り上げた。次の瞬間、頬《ほお》に痛みがはしる。

「秘書があなたみたいな失礼で最低な人なんて、海斗さんが可哀想《かわいそう》！　今日のことはお父様にしっかりと報告させていただきますから！」

言いたいことを言って彼女は足早に去っていった。

今後の対応は、副社長から大木社長に相談していただければいい。とにかく無事に彼女にお帰りいただけたことにホッと胸を撫《な》で下ろすと、近くで見守っていた受付の子と警備員が駆け寄ってきた。

「大丈夫ですか？　如月さん！」

「べっぴんさんの顔に傷をつけるなんて、とんだ社長令嬢だな。病院に行ったほうがいいんじゃないか？」

心配するふたりに私は「平気です」と答えた。

「大したことないですし、慣れていますから」

そう、今までも副社長に近づく女性に注意したところ、二回ほど頬を叩かれたことがある。最初はまるでドラマみたいな出来事に呆然《ぼうぜん》となったが、三回目ともなると慣れっこだ。

「このたびはご迷惑をおかけいたしました」

業務に支障をきたしたことに謝罪をすると、ふたりは両手を振る。

「そんなことありません、それよりも本当に大丈夫ですか？」

「ご心配いただき、ありがとうございます。大丈夫ですので、私はこれで失礼します」

そろそろ会議が終わる頃だろう。すぐに会食の場所へ移動しなければならない。

心配するふたりに再度謝罪をして、急いで副社長室へと戻った。

『まさか大木物産の令嬢が乗り込んできていたとは……。すまない、怪我《けが》は大丈夫か？」

会食場所への移動中の車内にて先ほどのことを簡単に報告したところ、副社長は頭を下げて謝罪してきた。

「副社長、顔を上げてください。慣れておりますので、これくらいなんてことございません。ただ、ご令嬢はかなり逆上されており、副社長への執着も目に余るものでしたので、今後の対応について大木社長とご相談していただいたほうがよろしいかと」

「あぁ、もちろんそのつもりだ。大木社長も娘を甘やかしすぎたと言っていたし、あとで事情を説明しておこう」

「よろしくお願いいたします」

胸を撫で下ろし、夕方の打ち合わせに必要な書類の作成を進めていく。するとスマホが鳴った。

「申し訳ありません、マナーモードにするのを忘れていました」

いつもは忘れずに設定しているのに、今日に限ってすっかり抜けていた。急いで音を切ろうとしたところ、副社長に「いや、かまわないから出ていい」と言われてしまった。

彼の前でプライベートな電話に出るのは気が引けるが、そう言われたら出ないわけにはいかず、「ありがとうございます」と言って通話に出た。

表示された番号は、福島《ふくしま》で暮らす母の家の隣に住む女性、田中《たなか》さんからだった。滅多《めった》にかかってこない相手からの電話に戸惑いながらも出る。

「もしもし」

『よかった、愛実ちゃん出てくれて。大変なの、里子《さとこ》さんが入院しちゃったのよ！』

「え、母がですか？」

思わず聞き返したところ、副社長が即座に反応して運転手に車を路肩に停《と》めるよう指示をした。

田中さんが言うには、母は最近よく転ぶようになり、片側の手足の痺《しび》れもあったとのこと。不安になって受診をしたところ、パーキンソン病と診断されたそう。

私に迷惑をかけたくないから伝えないと母から聞き、心配した田中さんが電話をくれたのだ。幸い、今は退院して自宅で過ごしているそう。

「ありがとうございました。……はい、失礼します」

通話を切るとすぐに副社長になにがあったのか聞かれ、正直に母のことを説明する。するとと彼はすぐに母のもとへ行くようにと指示してきた。

「いいえ、そんな。勤務中ですし、週末に戻りますから」

「なにを言ってる。お母様もさぞかし気落ちされているだろう。会食は俺ひとりで平気だし、その後の打ち合わせも簡単なものだ。有休も消化してほしいと思っていたからちょうどいい機会だ、今すぐに行って顔を見せてこい」

「副社長……」

彼は会食相手に事情を説明して少し遅れることを伝え、わざわざ私の自宅マンションに寄り、荷物をまとめた私をさらに東京《とうきょう》駅まで送り届けてくれた。

「明日も有休を消化してくれてかまわない。ゆっくりお母様と過ごしてきなさい」

「すみません、ありがとうございます」

新幹線から見える景色を眺めながら、しばらく実家に帰っていないことに気づいた。そういえば今年はお正月も仕事を理由に帰らなかった。だから母が難病を患っていたことにも気づけなかった。

「なにが親孝行よ」

苦労して大学まで行かせてくれた母に、社会人になったら恩返しをしたいと思っていたのに。実際に入社したら仕事を覚えることに必死で、次第に実家への足が遠退《とおの》いていった。

電話で最後に話したのもいつだったか思い出せない。

せっかくいただいた機会だ。できる限りの親孝行をしてこよう。

新幹線と普通列車に揺られること約二時間。久しぶりに訪れた実家は少し荒れていた。平屋のこぢんまりとした一軒家。庭が広いのは母が花が好きだったからだ。

しかし、いつも季節の花でいっぱいだった庭が雑草だらけになっている。それだけで母が長い間、病気に苦しんでいたことがわかって胸が痛い。

少し緊張しながらインターホンを押したが、なかなか返答がない。まさか部屋の中で倒れているのでは？　と不安になって鍵を使って玄関のドアを開けた。

「お母さん？」

パンプスを脱ぎながら声をかけると、居間のほうからかすかに掠《かす》れた母の声が聞こえてきた。

「……愛実？」

弱々しい声に不安が増し、居間へと急ぐ。するとそこには椅子に座った状態からなかなか立ち上がれずにいる母がいた。

「大丈夫？　お母さん」

無理に立とうとする母の身体を支えて座らせたのだが、衣服越しでも皮膚は骨ばっているのがわかってせつなくなる。

「どうして……？　仕事、は？」

たどたどしい口調に、これも病気からくるものなのかと困惑してしまう。

「あい、み？」

なにも言わない私を不安げに見る母に、我に返る。

「あ……隣の田中さんから電話をもらったの。お母さんがパーキンソン病だって。日常生活にも支障が出ているっていうから心配で半休をもらって来たの」

私の話を聞き、母は喜ぶことはなく悲しげに瞳を揺らした。

「ごめんなさい……」

「どうして謝るの？」

「迷惑を……かけた、から」

迷惑だなんて――。そんなこと思うわけがないじゃない。だけど母は違うようで、申し訳なさそうにしている。

「迷惑だと思うなら、困った時は頼って。田中さんが教えてくれなかったら、ずっと黙っているつもりだったの？」

「……愛実には、愛実の……生活がある、から。邪魔、したくないの」

なぜ母はこうも自分のことを卑下するのだろう。私にとって母はかけがえのない大切な存在なのに。

思いが伝わらなくて苛立《いらだ》ちが募る。

「邪魔じゃないから。病院に行く前に教えてほしかったし、人伝いに病気のことを聞いて、急に休みを取らなくちゃいけなくなったほうが迷惑だった」

つい冷たい口調で言ってしまったことに、母が「ごめんね」と謝罪の言葉を口にして気づく。

「私のほうこそごめん。……本当に心配したから」

「……うん。でも、平気。どうにか、やっていけるから」

平気なフリをする母だが、チラッと部屋の中を見れば散らかっている。片づけもままならないのだろう。

行政に頼るしかない？　介護申請をして訪問介護を入れてもらうべきよね。

母への対応を考えていると察知したのか、母がテーブルの上にあった紙束を私に差し出した。

「大丈夫、田中さんに相談したの」

目を通してみると、どうやら母はすでに介護認定を受けているようで、近日中に訪問介護と通所介護の利用が開始されるようだ。

「お風呂は通所で入って、身の回りのことは訪問にお願いしたのね」

「……そ、う」

話すのがつらくなってきたのか、よりいっそう声が掠れて苦しそう。

「もう話さなくていいよ。……わかった、本当に大丈夫なのね？」

いよいよ声が出ないのか、母は何度も頷《うなず》く。

本音を言えば今夜はこのまま泊まって、母の世話をしたり今後のことをもっと詳しく聞いたりしたかった。

でも昔は綺麗《きれい》好きだった母だ。私に掃除されるのは嫌がるのではないか。それに病気のせいとはいえ、散らかった部屋に私を泊めたくないと思っているかもしれない。

「今週は……土曜日に仕事が入っていて来られないから、来週末にまた来るね。ケアマネージャーさんやお世話になる通所と訪問の職員にもご挨拶をしたいし」

「……わかったわ」

渋々といった様子だが、どうにか了承してくれた。

来たばかりで帰るのは気が引けるが、母は私に早く帰ってほしそうだったため家を後にした。

その足で隣の田中さんの家に伺い、母について詳しく話を聞かせてもらった。母の言う通り、田中さんに色々とお世話になったようだ。

もうしばらくご迷惑をおかけしてしまうことを謝罪し、母のことを知らせてくれたことには感謝して、またなにかあったら連絡をもらえるように頼んできた。

「疲れた」

滞在時間は僅か一時間。まさにトンボ返りで東京へ戻っている。

車内で思い出すのは、自分が母に放った言葉。あんなに冷たく言うつもりはなかった。迷惑になんて思っていないし、本当にただ心配だっただけなのに……。

歳を重ねるごとに素直な思いを口にすることが難しくなる。

来週には訪問介護が入っているだろうし、部屋の掃除もしてくれるはず。それならば泊めてくれるだろうから、もう一度母と今後のことをよく話そう。

窓の外に目を向けると空は薄暗い。東京に到着する十八時頃は真っ暗だろう。このまま家に帰る気になれず、中度半端のままの仕事が気になって会社に寄ることにした。

副社長は今夜、家族で食事に行く予定があると言っていたから退社した後だろう。未処理のメールを開いて返信し、明日の予定の確認と準備を済ませて会社を出る頃には、二十一時を回っていた。

仕事をしていても、ふとした瞬間に母のことを思い出して手が止まってしまったため、だいぶ遅くなってしまった。

最寄り駅に向かう途中、ふと目に留まったのは以前から気になっていたラグジュアリーなホテル。

たしかここの最上階にはバーがあって、取引先にお酒好きな人がいたらここを使おうと思って調べていた。

シックな内装で落ち着いた店内には、バーでは珍しい半個室もあり、商談にはもってこいの場所だった。お酒も様々な種類があって、女性ひとりでも入りやすいって書いてあったはず。

このまま家に帰っても母のことが気になって眠れないのなら、美味《おい》しいお酒を飲んで、一時でも母に冷たい態度をとってしまったことを忘れたい。

その思いが強くなり、私はバーへと向かった。

ネットの評判通り店内は落ち着いた雰囲気で、心地よいジャズが流れている。女性ひとりで飲んでいる人も何人かいて胸を撫で下ろした。

案内された先はカウンターの一番奥の席。カウンターの向こうでは、同年代くらいの爽やかな男性バーテンダーがカクテルを作っていて、それを見ていた女性客が頬を赤く染めていた。どうやら彼を目当てに来る客も多いようだ。

なにを飲もうか悩んでいると、「あら、如月さんじゃないですか」と甲高い声で名前を呼ばれた。

聞き覚えのある声に嫌な予感がしながらも振り返ると、そこにはうちの会社と取引のある会社の社長令嬢が、派手な男性と仲睦《なかむつ》まじく腕を組んでいた。

「綾部《あやべ》様、ご無沙汰しております」

立ち上がって一礼すると、彼女は勝ち誇った顔で私を見つめた。

「本当に久しぶりね。まさかこんなところであなたに会うなんて」

彼女もまた副社長に熱を上げていた人物のひとりだった。しかし副社長は当然ながら相手にせず、それがかえって彼女の恋心に火をつけてしまったようで、アプローチは加速していった。そんな彼女を窘《たしな》めたのが私だった。

あまりに副社長に対する行為がエスカレートしていき、一歩間違えればストーカーと言われても仕方がない言動をしていたため、強く牽制した。

しかし彼女は聞く耳持たずで、最終手段として彼女の父親である社長に事情を説明したのだ。

さすがに父親に言われて理解したようで副社長への執着は見せなくなり、社交の場でもここ最近は見かけることはなかった。

「あなたのせいで、お父様からひとりでの外出と海斗さんへの接触を禁止されたのよ。だけどそのおかげで彼に出会えたのだけどね」

うっとり顔で一緒にいた男性を見つめた彼女は、鋭い目を私に向けた。

「だけどあなたが私にしたことは到底許せないわ。人の恋路を邪魔する権利があなたにあるの？　本当に最低な人よ」

もちろん私だって人様の恋路を邪魔することはしたくない。しかし、彼女に告白されても副社長ははっきりと断られた。

彼女の想いは報われなかったのだ。それなのに自分の想いを貫きたい一心で会社に押しかけてきたり、電話をかけてきたり、会社前で待ち伏せしていることもあった。

それは迷惑な行為であり、嫌われる一方だと告げたこともある。他にも何度も彼女を窘めてきたため、強い反感を買ったのだろう。

ここでそれを告げたところで、ますます彼女の怒りを増長させるだけ。ここはなにも言わず彼女が言いたいことを言ってすっきりするまでやり過ごすのが得策だ。

「どうせあなたも海斗さんに振り向いてほしくて、私を遠ざけたのでしょ？　それなのに一向に海斗さんに振り向いてもらえていないんじゃなくて？　虚《むな》しいわね、どんなに仕事で成果を出してもあなたの恋心が報われないなんて」

彼女もまた、私の言動はすべて副社長に好意を寄せているからだと勘違いしているようだ。私はただ秘書としての職務を全うしているだけだというのに。

どんなに否定をしたところで、納得してはくれないだろう。それならば勘違いされたままでいい。これまでもずっとそうしてきた。

俯き、彼女の気が晴れるまで待つ。

「あなたを見ていると、自分がどれほど幸せか実感できるからありがたいわ。いつも硬い表情で仕事をして、せっかくの仕事終わりだというのに着替えることもなくひとり寂しくバーに来るなんて。……どこへ行っても、あなたのいい噂は聞かないわ。同僚からも嫌われていて、友達もいないんじゃなくて？」

嘲笑いながら彼女は続ける。

「そんな性格じゃ恋人だっていたことがないんでしょ？　ふふ、図星でなにも言えないのかしら」

徐々に彼女の声は大きくなっていき、人の視線が集まってきた。それに気づいたのか、彼女は最後に憐《あわれ》みの眼差《まなざ》しを向けた。

「あなたって本当に可哀想な人」

可哀想……？　私が？

「失礼するわ」

満面の笑みを浮かべ、彼女はわざと私の肩にぶつかりながら颯爽と去っていった。

周囲からはひそひそと話し声が聞こえてくる。

こういったことには慣れているが、今日は色々あったからだろうか。煩わしく思えて小さく息を吐き、再び腰を下ろした。

そして私の様子を窺《うかが》うバーテンダーに、ウイスキーのロックを注文した。

「は、はい。少々お待ちください」

たしかに幼い頃に両親が離婚し、周りよりは苦労してきたと思う。人との関わりが面倒になり、努力だけは裏切らないから勉学に励んできた。

そのため、学生時代には親友と呼べる存在はいなかったし、恋愛だってこの歳になるまでしたことがない。

だけどやりがいのある仕事に就くことができて、信頼できる上司や先輩、同僚だってできた。今の私はそれなりに幸せだと思っていたのに違うの？　他人の目に私は可哀想な人と映っているのだろうか。

今までは受け流すことができた言葉なのに、母とのやり取りがあったからか、妙に心に引っかかって痛みが生じる。

それはきっと心のどこかで、学生時代に私も同性の友達と遊んだり好きな人ができたら恋バナをしたり、素敵な彼氏を作って青春時代を楽しみたかったと願っていたからかもしれない。

今さらこんなことを願ったとしても叶《かな》うことはないのに……。

それにこれまでの人生を後悔したら、努力をし続けた私が報われないじゃない。誰もが羨む大手企業に就職できて、副社長の秘書職に就かせてもらい充実した日々を送れている。それで十分だ。

今の私には友達も恋人もいらないでしょ？　そう自分に言い聞かせないと、なぜか泣きそうになる。

「お待たせいたしました。ウイスキーのロックになります」

「ありがとうございます」

テーブルに置かれたグラスを手に取ろうとした瞬間、隣から手が伸びてきて奪われてしまった。

「えっ?」

びっくりして横を見れば、見知らぬスーツ姿の男性がいた。

その人は黒髪の短髪で爽やかな印象を持っていた。形の整ったキリッとした眉に綺麗な二重瞼《ふたえまぶた》の瞳が幼さを出していて、アイドル顔をしていた。

身長は……副社長くらいありそうで、ふたつ間を空けた席にいる女性は彼を見てうっとりしている。すると、整った顔をした男性は私を見てふわりと目を細めた。

「これは俺がもらうよ」

そう言うと彼はバーテンダーに声をかけた。

「彼女に……そうだな、スクリュー・ドライバーを」

「かしこまりました」

彼の注文通りにカクテルを作り始めたバーテンダー。突然現れた人物に驚いてなにも言えずにいたけれど、よく考えたらなぜ私が飲もうとしたウイスキーを奪われなければいけないの?

「あの、どなたか存じませんが、ウイスキーを返していただけませんか?」

今はとにかく強いお酒を飲んで酔いたい気分なのだから。

「それは断る。やけ酒ほど身体に悪いものはないからな」

やけ酒ということは、綾部様との一部始終を見ていて、人前で辱められた私を哀れに思って声をかけてきたというところだろうか。

「ご心配には及びません。お酒は強いほうなので」

仕事の付き合いがあるから、これでもお酒をそれなりに嗜《たしな》めるようになった。ウイスキー一杯で潰れるほど弱くはない。

「酒に強い、弱いの問題じゃない。どんな気分で飲むのかが大切だろ？　今のキミじゃどんな酒も美味しく飲めないんじゃないか？」

「それは……」

正論に、返す言葉が見つからない。

「ここで出会ったのもなにかの縁だ。せっかくだから一緒に美味い酒を飲もうじゃないか」

ちょうど彼が注文したカクテルを、バーテンダーがそっとテーブルに置いた。

「ほら、グラスを持って乾杯しよう」

初対面で、名前も素性も知らない相手とお酒を飲むなんてあり得ない。……あり得ないのに、なぜか彼の人懐っこい笑顔を見せられると抗《あらが》えなくなる。

綾部様に可哀想な人と言われたことが、よほどショックだったのだろうか。気づけば私はグラスを手に取って彼と乾杯をしていた。

オレンジジュースの爽やかな酸味とウォッカの相性が良くて、飲みやすい。

『美味しい』

思わず声を漏らすと、彼はホッとした表情を見せた。

「それならよかった。他にも俺のオススメでよかったら飲んでみて」

その後も彼は甘めのカクテルであるカシスソーダや、初めて飲んだ卵白が入っている珍しいカクテルのハイ・ライフ、アルコール度数が強いメキシカンなど、様々なカクテルを注文してくれた。

どれも美味しくて、いつの間にか私もほろ酔い気分になっていく。

「さっきの令嬢は、取引先関係かなにかなのか？」

「はい、そうです」

「そうか、だからなにも言い返せなかったわけだ」

理由に納得した彼だったが、「だけど……」と続ける。

「いくら取引先とはいえ、あれほどの侮辱を受けたんだ。言い返してもよかったんじゃないか？　赤の他人が聞いていてもただの逆恨み、八つ当たりとしか聞こえなかったぞ？」

たしかに綾部様の発言はそうだった。でも……。

「彼女の言っていた話の一部は、事実でもありますから」

「どういうことだ？」

社内では実際に嫌われてるし、鉄仮面の秘書などと言われて恐れられていることや、先ほどと同じようなことを何度も言われてきたこと、上司を狙っていると噂が立ち、否定をしてもわかってもらえないからあえて噂をそのままにしていることなど話してしまった。

「なるほど、な。理由は納得できたが、それとキミが我慢することとは違うんじゃないか？」

「どういうことでしょうか？」

すると彼はウイスキーのおかわりを注文してから話し始めた。

「キミに落ち度はなにひとつない。女性たちへの対応も職務を全うしているだけだし、第一印象で判断されるなんて不本意じゃないか？　ただ単に感情を表に出すのが苦手なだけだろ？」

まさか初対面の人に、ここまで自分のことを理解してもらえるとは驚きだ。

「言い寄る女性が多いということは、それだけキミの上司が魅力的だってことだ。そんな上司の秘書に就いたキミが羨ましくてたまらないんだろうな」

注文したウイスキーを受け取って一口飲み、彼は私に向かって優しい笑みを浮かべた。

「それに重役の秘書など誰もが務まるものじゃない。キミが努力をした結果だろ？　だったら強気に出たらいい」

「強気にですか？」

どういう風に出ればいいのか気になって聞けば、彼は大きく頷いた。

「あぁ。妬まれたらこう言えばいいんだ、悔しかったら私と同じ地位に来てみなさい。そうすればどうして妬まれるのか理解できるわよって」

少しだけ高い声で言ったのだけれど、これはもしかして私の真似をしている？　だとしたら、あまりにひどくないだろうか。

「ふふ、全然似ていませんよ」

あまりのクオリティの低さに笑ってしまった。そんな私を見て彼は嬉しそうに目を細める。

「そうやって笑ったらいい。笑ったら、キミのことを鉄仮面だなんて呼ぶ人はいないだろう」

眩しい笑顔を向けて言われた一言に、急に心臓が暴れ出した。

なに、これ。どうしてこんなに胸が苦しいの？　彼の笑顔が素敵だから？　嬉しいことを言われたから？　それとも私は、彼にそんなことを言ってもらえるような人間ではないから？　そうよ、私は彼の言葉を修正しなければいけない。

「いいえ、私は鉄仮面って呼ばれて当然の人間なんです」

「どうして？」

「それは……たったひとりの肉親の母親にでさえ、素直になれないんです。優しい言葉もかけられなくて傷つけて……」

一度口にしてしまったら止まらなくなり、今度は母が父と離婚してからのこと、そして先ほどの母とのやり取りもすべて打ち明けた。

彼は最後まで口を挟むことなく、私の話に耳を傾けてくれた。

話しているうちに、これまでに母と交わした言葉を次々と思い出す。

「母は昔からずっと、私に幸せになってほしいが口癖でした。自分が結婚で失敗しているからか、学生の頃から彼氏はいないのかとしきりに聞いてきました。……社会人になってからもそうです。大手企業に就職できたことを喜んでくれましたが、母の願う幸せは好きな人との結婚なんですよね」

いつまでも一緒にいたいけれど、どう頑張っても親は子より先にいなくなってしまう。だから母は、自分以外の家族を私に早く作ってほしいと言っていた。

もちろん母の気持ちは理解できたけど、私だって今の生活に満足している。好きな仕事ができて自分を理解してくれる人がいるだけで十分だと思っていた。

しかし、いずれは幸せな結婚をしたいとも思っている。でもこの歳になって初恋もまだなのだ。結婚なんてできないのではと時折不安になる。

「私、誰かを好きになったことがないんです。それに今のままの私では誰からも愛されない。わかってはいるんですけど、今の私を否定したらこれまで努力してきた私が報われないじゃないですか」

そう、それが素直になれない一番の理由なのかもしれない。第一印象も人間関係も変えるには愛想を良くすればいいだけの話。

でもそうすれば、昔の自分に戻ることになる。自分の意思とは関係なく周りに合わせ、常に愛想笑いをしていた幼い頃に。それが嫌で今の自分を貫いてきたのだ。それなのに今さら変わることなどできない。

アルコールがよりいっそう回ってきたのだろうか。感情のコントロールができず、目頭が熱くなる。

「キミはあまりに物事を難しく考えすぎているんじゃないか？」

「えっ？」

難しく考えているって、今の話からどうしてその結論になるの？

思わず目を瞬かせる私を見て、彼は白い歯を覗《のぞ》かせた。

「お母さんは口ではそう言っていたとしても、なによりもキミの意思を尊重すると思う。……親というのはそういうものだ」

「そう、なのでしょうか」

「あぁ。実際どうなんだ？　母親に自分の気持ちを打ち明けたことはあるのか？」

私の気持ち……。母に伝えたことはないかもしれない。母は私に仕事はどうか、生活に困っていないか、好きな人はできたのかと聞いてくれていた。

だけど私は恥ずかしいのもあり、なにより日々の業務に追われてまともに答えずに、いつも適当にはぐらかしてばかりだった。

「その顔だとないようだな」

「……はい」

母に自分の気持ちを伝える機会はいくらでもあったのにしなかった。それで勝手に母の願う幸せは結婚だと決めつけていたんだ。

「バカですね、私」

仕事ではどんなに小さなミスも起こさないようにしていたのに、プライベートは全然だめ。簡単に解決できる問題だったことにも気づけなかったなんて……。

涙が零れそうになった時、グラスをずっと持ち続けていた私の手を彼がそっと優しく包み込んだ。

驚いて涙も出なくなって彼を見れば、力強い眼差しを向けている。

「キミはバカじゃない。今から素直になればいいだろ？　それに努力を重ねて今のキミがいるんだ。その努力を自分で否定などする必要はない。……いつかきっとキミのすべてを愛してくれる相手が現れるさ」

彼は彼なりに慰め、励ましてくれているのだろう。その気持ちはありがたいが、私のすべてを愛してくれる人など本当に現れる？

今のままでは第一印象から恋愛対象外だ。中身を知ったらつまらない女だと思われるのが目に見えている。

「お気持ちはありがたいですが、下手な慰めはけっこうです」

本当は彼の言葉が嬉しかったくせに、素直に聞き入れることができない可愛《かわい》げのなさに、自分でも呆《あき》れてしまう。

「えっ？　いや、俺は決して……」

だけどこれが私なのだ。今さら変わることなどできない。

困惑する彼の手を離して、グラスに残っていたカクテルを一気に飲み干した。

「そもそも愛されるってどういうことですか？　幸せになるってなに？　それがわからないのに漠然と言われたって困ります」

こんな可愛げのない私だから、異性に好意を寄せられないのだろうとつくづく思う。

そして私自身も甘えることができないから、誰かを好きになったことがないんだ。

理由がわかったらわかったでせつなくなる。お酒を飲みすぎたのかもしれない。そうでなければこれほど感情的にならないもの。

熱いものが頬を伝っていく。すると彼は大きく瞳を揺らした。

「泣かないでくれ」

「え？　あっ」

彼の長くて綺麗な指がそっと私の涙を拭って、初めて泣いていることに気づいた。

「すみません、泣くつもりはなかったのに……」

そもそも泣いたのはいつぶりだろう。思い出せないほど遠い昔だった気がする。それなのに初対面の人の前で泣くなんてどうかしている。

居たたまれなくなり立ち上がったと同時に、腕を掴《つか》まれた。

「待ってくれ！　知りたいのなら、俺に教えさせてくれ」

「……え」

思いもよらぬ提案に微動だにできなくなる。

「なにを言ってるんですか？　どうして初対面のあなたが……？」

なんて言いながらも動揺していて、言葉が続かない。すると彼も立ち上がり、真っ直ぐに私を見つめた。

「どうしてだろうな、自分でもわからない。でもこのままキミとの縁を切りたくないと思ったんだ。どこか自分と似ているからなのか、笑顔が可愛かったからなのか、キミの泣く姿があまりに綺麗だったからなのか……。その理由が俺にもわからないから、こうやって必死に引き止めている」

彼のストレートな思いを打ち明けられ、胸がギュッと締めつけられて苦しくなる。

「もっとキミのことが知りたくなったでは、俺に愛される理由にならないか？」

いくら恋愛経験がないとはいえ、私の様子を窺いながら放たれた言葉の意味を理解できないほど無知じゃない。

愛されるというのは、心ではないはず。そもそもこのような場所で出会った相手に心から愛されることを望んではいけない。

つまり身体を重ねて愛を教えてくれるってことだろう。未経験の私にはハードルが高すぎる。すぐに断るべきなのに、なぜか彼に見つめられると大きく心が揺れる。

アルコールのせいにして、愛されてみたいと願ってしまう。

「本当に愛される幸せを教えてくれるんですか？」

大胆なことを言ったせいか、声が震える。

こんなドラマみたいな展開が自分に起こるなど夢にも思わなかった。でもこの機会を逃がしたら後悔する気がした。

それに初対面で私のことを理解してくれた彼だからこそ、教えてもらいたいと思った。

すると彼は私の手に自分の顔を近づけて、手の甲にキスを落とした。そして上目遣いで私を見るものだから、急激に頬が熱くなる。

「もちろん。全身全霊をかけて教える」

この時の私は本当にどうかしていたのだと思う。名前も知らない相手の手を取って、そのまま下のフロアにあるホテルの部屋に向かってしまったのだから。

「どうぞ」

ロックを解除した彼は紳士にドアを開けてくれた。

「ありがとうございます」

緊張しながら部屋の中に入ると、同時に背後から抱きしめられた。

「あ、あの……っ」

びっくりして振り返った瞬間、唇に感じた温かな感触と視界いっぱいに広がる彼の端整な顔。

初めてのキスに目を閉じることもできなかった。すると彼はゆっくりと唇を離すと、目を見開いている私を見て笑みを零す。

「キスする時は目を瞑《つむ》るものだ」

「そ、れはっ……！　初めてなので、そこまで考えが及びません」

恥ずかしくて目を逸《そ》らせば、彼の大きな手が私の頬に触れた。

「そうか、じゃあひとつずつ丁寧に教えてやりたいところだけど、キミがあまりに可愛くてそんな余裕はないな、悪い」

「え？　きゃっ」

素早く私の肩と膝裏に腕を回して抱き上げたものだから、咄嗟《とっさ》に彼の首にしがみついた。生まれて初めてのお姫様抱っこの余韻に浸る余裕などなく、彼は真っ直ぐに寝室へと向かい、大きなベッドに優しく私を下ろしてくれた。

すぐに彼も私に覆い被さってきたから、身動きが取れなくなる。

真剣な眼差しを向けられて見下ろされ、どれくらいの時間が流れただろうか。ほんの数十秒の話だが、体感的に何分間にも感じられた。

勢いに任せてここまで来てしまったけれど、これでよかったのだろうか。

今になって緊張してきて心臓が口から飛び出そう。そんな私の心情を察知したのか、彼は愛《いと》おしそうに私の頬を撫でた。

「え？　あ、あの……？」

戸惑う私を見て彼はクスリと笑う。

「そんなに緊張でガチガチになってくれたおかげで、余裕が持てたよ」

それはいいことなのだろうか。返答に困っていると、彼は触れるだけのキスを落とした。

「とはいえ、ここまできたらキミを抱かない選択肢は俺にない。……たっぷり愛してやるから、ただ俺に身を預けてくれ」

甘い言葉を囁《ささや》いた彼は、再び唇を塞ぎ、まるで私の唇を食べるかのように食《は》む。それがくすぐったくて笑みが零れた。

その瞬間、彼の舌が私の口内に侵入してきた。初めての感触に背中がゾクッとなる。だけど不快なものではなくて、むしろ快感に近いもので戸惑ってしまう。

「んっ……んあっ」

次第に息は上がり、自分のものとは思えない甘い声が漏れた。

なに、さっきの声。私が出したの？

はしたない声に羞恥心が増していく。それなのにキスを止めてほしいとは思えなくて、欲求が増していく。

どれくらいの時間、キスを交わしていただろうか。唇が離れた頃にはお互いの息が上がっていて、彼の妖艶な表情に胸がきゅんとなる。

「……名前」

「え？」

掠れた声が聞き取れなくて聞き返すと、彼は私の首に顔を埋めた。

「ひゃっ」

彼の熱い舌が首筋を這《は》い、初めての感覚に目をギュッと瞑る。

「名前を教えてくれ」

「名前、ですか？」

「あぁ」

言葉を交わしている最中も彼は余裕ない手つきで、私のシャツのボタンを外していく。露わになった肌に直《じか》に触れた手は少し冷たくて、身体が震える。

「教えてよ、名前」

耳朶《みみたぶ》を甘噛《あまが》みしながら囁かれ、私は声を震わせながら答えた。

「愛実です」

「愛実、か。キミにぴったりな可愛い名前だな」

いつも名前と合っていないと言われていたから、そんなことを告げられるのは初めてだ。

「本当にぴったりだと思いますか？」

「もちろん。俺の愛撫《あいぶ》でこんなに蕩《とろ》けた顔をするキミは最高に可愛いし、愛おしくも思うよ」

甘いセリフに蕩けてしまいそう。

「もっと愛実の色々な顔を俺に見せて」

「んっ」

器用にブラジャーのホックを外すと私から脱がせ、大きな手が優しく胸を包み込んだ。

「あっ、待って」

「待つわけがないだろ？」

そこからは彼のペースになっていき、私の抵抗は虚しくただ愛撫を与えられるばかり。

だけど初めての行為に恥ずかしい気持ちよりも、快楽のほうが勝っていた。なにより彼は余裕がないと言いながらも気遣ってくれ、私を大切に扱ってくれているのが伝わってきて、自然と涙が零れた。

「どうした？　やっぱり痛むのか？」

汗を拭いながら、彼は心配そうに私の顔を覗き込む。

「ちがっ……違うんです」

とはいえ、まだ繋《つな》がっているところが熱くて少し痛みが生じている。でもそれ以上に幸せな気持ちでいっぱいで涙が溢《あふ》れてしまうのだ。

「痛いなら無理しないでくれ。……極力我慢しよう」

そう言った彼は自由に動けなくて苦しそうで、私もせつなくなる。

「いいえ、大丈夫です。ただ、その……あなたがあまりに私を大切に抱いてくれるから、幸せすぎて……」

私の話を聞き彼は目を見開いた後、嬉しそうに頬を緩めた。

「あなたじゃなくて、優馬だ」

「え?」

「俺の名前だよ。……呼んでよ、愛実」

そう言いながら彼は小刻みに腰を動かす。

「ひゃっ! ま、待って」

「止めてほしかったら名前で呼んで」

再度催促され、恥ずかしい気持ちでいっぱいになりながらも「優馬さん」と呼べば、彼はなぜか激しく腰を打ちつけた。

「あっ、なん、でっ!?」

「悪い、破壊力にやられた」

どういう意味?なんて聞く余裕はなく、私はただ彼に与えられる快楽に溺れていった。

肌と肌が触れ合って感じる熱も、自分とは違う逞しい身体も、男性の甘い声も全部初めて知った。

身体を重ねることに魅力を感じていなかったが、これ以上の幸せを感じる行為はないと思うほど。

私は彼から嫌っていうほどに愛されて、幸せな感情を思い知らされたんだ。


喉の渇きを覚えて目を覚ますと、見慣れない室内に目を見張る。

「ここ、どこ？」

掠れた声で呟《つぶや》きながら起き上がろうとしたが、少しでも動けば唇が触れてしまいそうな距離に男性の寝顔があって微動だにできなくなった。

一瞬フリーズするも、すぐに昨夜の情事が脳裏に浮かんで身体中が熱い。

そうだ、昨夜は彼に初めてを捧《ささ》げて、愛される幸せを教えてもらったんだ。

アルコールも抜けて朝を迎えると、冷静になってきて逃げ出したい衝動に駆られる。

とりあえず服を着ようと思い、ベッドからそっと抜け出した。幸いなことに彼はぐっすりと眠っていて起きない。

できるだけ音を立てないように素早く着替えて部屋を出た。

だけど下腹部に鈍い痛みが広がって、思うように歩けない。戸惑いながらも廊下を進んでいくと、二十畳ほどの広々としたリビングに出た。

窓からは朝陽が差し込んでいて眩しい。しかし私が思っていたホテルの部屋からは随分とかけ離れている。一般的なホテルの室内は短い廊下にトイレとバスルームがあり、一部屋の中にベッドとテレビ、それとデスクがあるものじゃない？　それがこの部屋には見当たらない。

中央には大勢がかけられる座り心地が良さそうなソファが置かれていて、壁には埋め込み式の大型テレビがある。それに簡易的なキッチンまで完備されていた。

他にも部屋がありそうだったし、これは間違いなく高い部屋だ。

どうしよう、こんな高い部屋を取ってくれていたなんて。私の手持ちはどれくらいだろう。

廊下に戻って玄関に置かれていたバッグの中からお財布を手に取る。

再び寝室のドアをそっと開けると、優馬さんはまだ寝息を立てて眠っていた。

彼のおかげで私の心は今とても満たされている。だから優馬さんが目を覚ますまでいて、「キミとはひと晩限りの関係だ」と現実を突きつけられたくないと思ってしまう。

もちろん彼とは今後はいっさい会うつもりはないし、初めてを捧げたからといって責任を取ってほしいなんて思っていない。

でもその事実を彼に告げられたら、幸せの魔法が解けてしまいそうで怖い。

優馬さんには申し訳なく思いながらも、リビングのテーブルに、【素敵な一夜をありがとうございました】とメモを残した。それと手持ち分のお札を置いて静かにホテルを後にした。

時刻は六時半過ぎ。一度家に帰る時間はギリギリありそうだ。

空いている電車に揺られながら、どうしても思い出すのは昨夜のこと。あの幸せを知ったら、いつか心から愛し愛してくれる人と結ばれたいと強く願ってしまった。

ワンナイトの代償は偽装婚約者？

「副社長、こちら午後の会議資料となります。それと営業部より至急確認していただきたい書類を預かっていますので、お目通しいただけますか？」

「あ、あぁ。わかった」

通常運転の私に、副社長はやや戸惑っている。

今朝も出勤するや否や私がいることに驚き、母は大丈夫なのかと心配されたからだ。まずは昨日、半休をいただけたことに感謝の言葉を述べ、母の状況を説明した。

その上で今後、なにかあった際はお休みをいただくことになるかもしれないと伝えたところ、副社長は遠慮なく言ってくれと了承してくれた。

それと昨日の今日で無理はしなくていいと言われたが、私としては仕事はきっちりとこなしたい。

だからいつも以上に気合いを入れて業務に当たっていたところ、副社長に無理しているのではないかといらぬ心配をかけてしまったようで、会議の前に声をかけられた。

お忙しい方なのに余計な心配をかけて、申し訳なくなる。

明日の会食会場の最終チェックや、手土産のリストアップをしていると、スマホが鳴った。

作業する手を休めて確認したところ、メッセージの送り主は母だった。

優馬さんと出会い、彼に打ち明けたことで気持ちが軽くなった。さらには「今からでも素直になればいい」と優しい言葉をかけてもらったおかげで、前向きな気持ちになれたからだろうか。思い切って母にメッセージを送ろうと思って文字を打ち込んでいると、いつになく素直になれた。

まずは昨日、冷たいことを言ってしまってごめんと謝罪し、また来週会いに行くからその時よく話そうと送ったのだ。

それに対して返ってきた母からのメッセージは、【心配して来てくれたのにごめんね。仕事で忙しいなら無理して来なくて大丈夫。手が空いている時に来て。身体には気をつけて】だった。

自分のことより私のこと。いつもの母らしいメッセージ文に頬が緩む。

でも今回ばかりは自分のことを優先してほしい。【お母さんこそ無理しないで。身体には気をつけてね】と返した。

今度会った時は、優しい言葉をかけることができるだろうか。少しだけ不安がよぎったが、優馬さんにかけられた言葉を思い出すと、自然と勇気が湧いてくるから不思議だ。

大丈夫だと前向きな気持ちになって仕事を再開させた。


次の週末には母に会いに行こうと思っていたのだが、急なトラブルや新たなプロジェクトが始動されることになり、疲労困憊《ひろうこんぱい》でとてもじゃないが福島に帰省できなかった。

ただ身体を休めるために週末は使い、また一週間全力で仕事に取り組んでいった。

そして、優馬さんとワンナイトを経験した日から一ヵ月近くが経《た》った頃には、あまりの忙しさに優馬さんとの一夜が、夢だったように思い始めていた。

「そうだ、お母さんにいつ会いに行こう」

業務提携先の御曹司であり、副社長の旧友でもある方が打ち合わせに来るというので、彼の好物である菓子を買ってきてほしいと頼まれた。その道中、母のことを思い出す。

一週間後には行くと伝えて一ヵ月近く経っている。数日おきに連絡を取り合っていて、介護保険サービスを開始し、担当のケアマネージャーからも母からも、生活は楽になったとは聞いている。

しかし実際の生活を見ていないし、言葉だけを鵜呑《うの》みにすることはできない。だから近々様子を見に行きたいところだが、スケジュールがなかなかハードで予定を組めずにいた。

頭の中で今後の日程を思い出す。どうにか三週間後の週末なら行けるかもしれない。

横断歩道を渡って一本目の路地に入り、百メートルほど歩いた先に老舗和菓子店がある。

なんでも副社長の旧友は数年間にわたって海外で経験を積んでいたそう。だから私もまだ一度もお会いしたことがない。

久しぶりに帰国した友人に、昔好きだったおはぎを食べさせてやりたいと言っていたところからすると、副社長はご友人と相当仲が良いのだろう。

業務提携先の御曹司でもあられるし、お会いしたら失礼がないようにしないと。

和菓子店に到着し、副社長に頼まれた粒あんときな粉、黒ゴマをそれぞれ三個購入した。

「ありがとうございました」

領収書をもらって店員に見送られ、店を後にした。本通りから一本入った路地だが飲食店や雑貨店、カフェなどが立ち並んでおり、多くの人が行き来している。

若い世代が多く、友人や恋人と来ている人がほとんどだ。店で買った物と一緒に写真を撮ったりして楽しんでいる様子を見て、羨ましく思いながら足を進めていると、カフェから出てきたカップルが行く手を阻んだ。

「ちょっと待ってください！　私たち、結婚するんですよね？　それなのにどうしてもう会わないなんて言うんですか？」

まるで副社長に好意を寄せられたと勘違いした女性がいつも迫ってくる時の言葉に、思わず副社長ではないかと見てしまった。

「結婚って、そんな話は一度もした覚えはない。ただキミのお父様と一緒に会食しただけの関係じゃないか。それなのに会社に押しかけてきて、こうやって仕事中に連れ出されて迷惑している」

はっきりと言った男性は、私に背を向けている状態で顔を見ることができない。しかし、聞き覚えのある声に足が進まなくなる。

「ひどいっ……！　どうしてそんなひどいことを言うんですか？　もしかして私と別れるよう誰かに脅されているんですか？」

「なにを言ってるんだ？　ただ単にキミと結婚する意思はないと言っているんだ」

あれほど男性がはっきりと言っているというのに、女性にはまったく伝わっていない様子。まるで副社長を見ているようで助けたくなるものの、人様の色恋に首を突っ込むほど野暮なことはない。

なにも聞いていないフリをして通り過ぎようと思い歩を進めると、すれ違いざまに男性と目が合った。

「愛実じゃないか！」

私を見て男性は目を輝かせた。

一瞬誰だった？とフリーズするも、すぐにあの日の夜の情事が脳裏に浮かぶ。

「えっ？　ゆ、優馬さん？」

もう二度と会うことはないと思っていた彼との思いがけない再会に、戸惑いを隠せなくなる。

すると優馬さんは素早く私と肩を並べ、腰に腕を回してきた。身体を引き寄せられると、爽やかなマリンブルーの香りが鼻を掠めた。

覚えている彼の香りに嫌でも甘いひと時を鮮明に思い出してしまい、身体中が熱くなる。

「俺が結婚したいと思う女性は、彼女だけなんだ」

胸の鼓動が速くなって動揺する私とは違い、彼は信じられないことを平然と言うものだから耳を疑う。

優馬さんってばいったいなにを言っているの？　私たちは一夜限りの関係だったはず。こんな偶然がなければきっと一生会うこともなかったはずなのに。

徐々に冷静さを取り戻してきて離れようとしたものの、それを彼が許してくれなかった。すると優馬さんに好意を寄せている女性は鋭い目で私を見るものだから、たまったものじゃない。

こじれた関係に巻き込まれるわけにはいかない。そう思って「あの……」と言ったところ、すぐ彼が声を被せてきた。

「今まで結婚してこなかったのは、運命の相手と出会うのを待っていたんだ。それが彼女だ。キミじゃない」

好きな人に言われたら深く傷つく言葉だろう。さっきまで優馬さんがなにを言っても信じなかった彼女だが、さすがに堪えたようでポロポロと涙を零した。

「そんな……」

傍《はた》から見たら大修羅場に、道行く人も足を止め始める。

「理解してくれたら大通りまで送ろう。運転手が近くに待機しているんだろ？　来てもらったらいい」

冷たい口調で話す優馬さんに、彼女は「けっこうです！」と大きな声で言った。

「優馬さんが実際にその人と結婚するまで私は信じませんし、諦めませんから！」

泣きながら叫ぶように言って彼女は大通りに向かって駆けていった。

まるでドラマのような修羅場に巻き込まれ、茫然《ぼうぜん》となる。すると彼は深いため息を漏らした。

「まったく、困ったものだ」

その声に我に返り、先ほどより強い力で彼の身体を押し返した。

「困ったのは私のほうです！」

すぐさま距離を取り、警戒心を向ける。そんな私を見てなぜか優馬さんは嬉しそうに頬を緩ませた。

「まさかここで愛実に再会できるとは思わなかったよ」

「ええ、私も」

おかげで面倒ごとに巻き込まれてしまったのだから。

声に棘《とげ》を生やして言っても彼には伝わっていないようで笑顔を崩さない。

「どういうことか、ご説明いただいてもよろしいでしょうか？」

「もちろん。とりあえず注目を集めているし、どこかに入ってゆっくりお茶しながら説明させてくれ」

本来なら今この場で聞きたいところだが、彼の言う通り多くの人の視線を集めてしまっており、ここでは話を聞けそうにない。

かといってこのまま別れるわけにもいかず、時間的にも少しなら問題ないことから私は渋々了承して、近くのカフェに向かった。


「せっかくだからランチでもどうだ？」

「けっこうです。仕事中ですので、早くお話をお聞かせくださいませんか？」

「つれないなぁ」と言いながら優馬さんはオーダーを取りにきた店員に珈琲をふたつ注文した。

「さっきも言ったけど、本当に再会できて驚いたよ。……せっかく愛される幸せを身体に教えたというのに、目が覚めたらいないんだから。俺がどれだけ惨めな思いをしたかわかるか？　まるでやり逃げされた気分だった」

「やっ……やり逃げって……！」

聞き捨てならないワードに大きな声が出てしまい、一斉に店内の客の注目を集めてしまい、大きく咳払《せきばら》いをした。

「誤解を招くようなことは言わないでください」

小声で訴えると、優馬さんはニヤリと笑う。

「俺は事実を言ったまでだろ？　実際にキミは俺を捨てて逃げたじゃないか」

「ですから！　変なことは言わないでください。ちゃんとお礼の言葉をメモに残したじゃないですか」

「あぁ。あのメモの内容もホテル代も俺とはもう一生会わないという意味だろう？　だったらやはり俺を捨てて逃げたということだ」

信じられない言葉に驚きを隠せない。だって私たちが出会ったのはホテルのバーで、そのまま関係を持った。それってお互いワンナイトだと認識していると思うじゃない。

ちょうど注文した珈琲が運ばれてきて、会話は一時中断。とりあえず珈琲を飲みながらも気まずさを感じる。

どういうつもりで彼が言ったのか理解できない。いや、もしかしたらからかわれている可能性もある。だったら真に受けたらだめだ。

とにかくこれ以上彼のペースに巻き込まれないよう、本題を切り出した。

「先ほどの女性とのやり取りに関してですが、あの方とはどのような関係なんですか？　明らかに私と優馬さんのことを誤解しています。それに伴って私に起こり得る影響はございますか？」

　単刀直入に聞いたところ、優馬さんは目を瞬かせた後に「アハハ」と声を上げて笑った。

「なぜ笑うのですか？」

　理解できなくて不快に思う中、彼は「悪い」と謝りながら話し出した。

「愛実があまりに業務事項を確認するかのように聞いてくるものだから、さ」

　ツボにはまったのか笑いをこらえながら言う彼に恥ずかしくなる。

「申し訳ございません」

　そういえば泉川君にも、「仕事している気分になるからその話し方は止めてくれ」とよく言われていた。

　とはいえ、職業柄というか、もう話し方は癖になっている。常に目上の人と接しているからため口で話すほうが違和感を抱くほどに。

「いや、なんか新鮮でいいけど。それでさっきの女性についてだけど、本当に困っていたから助かったよ。取引先の社長令嬢でさ、少し話をしただけだというのに勝手に恋人だと思われて困り果てていたんだ」

　本当にまるで副社長を見ているようだ。それにこの前宿泊した部屋のグレードや彼の口ぶりからも、間違いなく私とは住む世界が違う人だろう。

スーツは高級ブランドのもので間違いないだろう。時計は有名ブランドの限定で、たしか数百万はするはず。

身なりからして副社長のような地位のある人に違いない。見ない顔だし、同じ業界の御曹司や若手実業家ではないにしても、どこかの有名企業の跡取りといったところだろうか。

もしや私はとんでもない人と関わってしまったのでは？と不安になる。

ただでさえ副社長と噂になっているのだ。これ以上変な噂を立てられ、副社長に迷惑をかけるわけにはいかない。早く私との関係は嘘だったと言ってほしいと伝えてこの場を去るべきだ。

「そうでしたか。ですがこちらとしましてはあのような嘘をつかれてしまい、大変迷惑です。どうか先ほどの女性に私とはなんの関係もないと訂正なさってください」

「そうはいかない。俺は一度言ったことは訂正しない主義なんだ」

「どんな主義ですか！」

冷静に欠け、思わず前のめりで突っ込んでしまったことに気づき姿勢を正す。

「それでは私が困ります」

「しかし俺も困っているんだ。助けてほしい」

「私に優馬さんをお助けすることはできません」

はっきりと断ったというのに、なかなか彼は引き下がってくれなかった。

「できるさ。しばらくの間、俺の婚約者として振る舞ってほしい。そうすれば彼女も俺を諦めてくれると思うんだ」

名案だとばかりに意気揚々と言われたが、とんでもない。

「お断りいたします」

すぐさま拒否したが、優馬さんは前屈《まえかが》みになり、周りに聞こえないよう小さな声で囁いた。

「卑怯な手は使いたくなかったが、俺も切羽詰まっているものでね。……愛する幸せを教えた対価としてどうか引き受けてくれないだろうか？」

「……本当に卑怯な手ですね」

「あぁ、そうでもしないと愛実は首を縦に振らないと思ってね」

満面の笑みを浮かべて言われ、困惑してしまう。

たしかに彼と出会ってあの一夜があったからこそ私の気持ちは軽くなり、母に対しても冷静に接することができている。

恩義があるのはたしかだが、その対価が彼の婚約者のフリというのはあまりに大きすぎないだろうか。

いくらフリとはいえ、そんな相手の婚約者なんて無理な話だ。恋愛経験もなく、可愛げもない私に務まるわけがない。絶対にボロが出て迷惑をかけるだけ。

残りの珈琲を飲んで真っ直ぐに彼を見つめた。

「あの日……優馬さんと偶然に出会えたことには感謝しています。ですが、私は到底あなたの婚約者の役を演じる自信がありません。あの夜の対価でしたら別のかたちでお返しいたしますので、謹んでお断りさせていただきます」

これだけ言えばわかってくれるだろう。彼がなにか言おうとした時、タイミングよく私のスマホが鳴った。

相手を確認すると副社長からで、すぐに立ち上がる。

「申し訳ありません、少し失礼いたします」

優馬さんに断りを入れて急いで外に出た。

「もしもし」

『買い物中だったらすまない。今、大丈夫か？』

「はい、もちろんです。なにかございましたか？」

副社長が連絡してくるということは、重大な問題が発生した可能性がある。緊張がはしる中、彼の答えを待つ。

『いや、如月にしては帰りが遅いから気になって電話したんだ。悪いな、私用を頼んで。もしかしてなにかあったのか？』

そういえば私、会社を出る前副社長に「一時間ほどで戻ります」と伝えてきた。それなのに気づけばもうそれ以上過ぎている。

これまでは伝えた時間内には戻っていたから、副社長が心配するのも当然だ。ましてや今回頼まれたのは彼の言う通り私用だったのだから。

「申し訳ございません、その……知り合いに偶然会いまして、少しお話をしておりました。ですがもう戻りますので」

なんと言って説明しようか迷ったが、下手に嘘をついても仕方がないと思って、正直に説明した。

『そうだったのか、それならよかった。いや、急ぎの仕事もないし慌てて戻らなくてもいい。せっかく会えたんだろう？　ゆっくりしてこい』

「いえ……」

『如月は働きすぎだ。少しはさぼったっていいんだぞ？　友人が来るのは一時過ぎだからそれまでに戻ってきてくれればいい』

ゆっくり楽しんでこいと言って副社長は通話を切った。

「いい上司じゃないか」

「きゃっ⁉」

突然耳元で囁かれて、悲鳴に似た声が出てしまった。びっくりして振り返ると少しでも動けば唇が触れるほどの至近距離で息が詰まる。

だけどそれは私だけで、驚く私を見て優馬さんは頬を緩ませた。

「上司が言っていたし、せっかくだからこのまま俺とランチでもする？」

少しして我に返り、急いで距離を取った。

「いいえ、会社に戻ります」

「それは残念」

あっさり引き下がった彼に面食らう。だってさっきまであんなに諦めてくれなかったのに。

やっぱり私がからかわれていただけ？　そうだよね、そうでなければ婚約者のフリをしてほしいなんて頼むわけがない。

「はい、バッグ」

「すみません。もしかしてお支払いも……？」

「気にしないで。あ、珈琲代を払うなんて無粋なことは言わないでくれ」

「……申し訳ございません、ごちそうさまです」

「どうしたしまして。またね、愛実」

「えっ？」

またねってどういう意味？　その答えを聞けぬまま彼は颯爽と手を振って去っていった。あまりにあっけない別れに拍子抜けしてしまう。

次などないのに、なぜ彼はあんなことを言ったのだろうか。疑問が残りつつも、きっともう会うことはないだろうと思った。

お互い下の名前しか知らないし、年齢も住まいもなにをしているのかも、連絡先さえもわからない。それなのにまた再会するなどあり得ないことだ。

副社長に言われた手前、すぐに戻るのは申し訳ないと思い、近くの飲食店で軽く昼食を済ませてから会社に戻った。

会社に戻ったのは十二時半過ぎ。副社長に「楽しめたか？」と聞かれた時は返答に困りながらも「はい、ありがとうございました」とだけ伝えた。

午後の副社長の予定は旧友が来社される以外はとくにない。書類の確認などは残っているが、急ぎのものというわけではないし、ご友人とゆっくり過ごしていただけるだろう。

おはぎに合う玉露茶の準備をしようとしたが、ちょうど茶葉を切らしていた。たしか秘書課にストックがあったはず。

副社長に取りに行くことを伝えて秘書課へ向かって戻ってくると、副社長室からは楽しそうな笑い声が聞こえてきた。

どうやら私が秘書課に取りに行っている間にいらしたようだ。

すぐにお茶を淹れておはぎを皿に並べる。副社長室のドアをノックすると、副社長の「どうぞ」の声が聞こえてきた。

「失礼します」

そっとドアを開けて中に入ると、部屋の中心にあるソファ席にテーブルを挟んでふたりが向き合うかたちで座っていた。

まずは静かにテーブルにそれぞれお茶とおはぎを置き、姿勢を正した。

「初めまして、桜葉の秘書の如月愛実と申します」

一礼をして自己紹介をしたところ、すぐに相手からも「初めまして」と返ってきた。

聞き覚えのある声にドキッとなる。

ゆっくりと顔を上げて相手を確認したところ、にこやかな笑顔を向けていたのが優馬さんで目を疑う。

「え……？」

動揺して、手に持っていたトレーを落としてしまった。

「大丈夫か？」

「申し訳ありません」

どうして優馬さんがここに？　まさか副社長の旧友というのは彼のことだったの？

すぐにしゃがんで取るより先に、優馬さんが駆け寄ってきて代わりに取ってくれた。

「はい」

「……すみません、ありがとうございます」

心が落ち着かないまま彼からトレーを受け取った時、「今は初対面のフリをしたほうがいいだろ？」と耳打ちされた。

すぐに優馬さんを見れば、「怪我がなくてよかったよ」と言って名刺を一枚私に差し出した。

「改めまして、風祭《かざまつり》フーズで今月より専務職に就いた風祭優馬と申します」

「すみません、私も名刺をお渡しいたします」

受け取って、急いでポケットから名刺を一枚抜いて彼に渡した。

「風祭は大学在学中に風祭フーズの海外支社で働き始め、つい最近戻ってきたばかりなんだ。海外へ商品展開する際に相談に乗ってもらって感謝している相手でもある」

「そうだな、あの時は相当助けてやった」

「おい、自分で言うなよ」

「お前が急に感謝しているなんて言うからだろ？」

だいぶ砕けたやり取りに、ふたりの仲の良さが窺えると同時に、私はとんでもない相手と一夜をともにしてしまったという後悔で変な汗が出そうになる。

「だけどこうして会うのは本当に久しぶりだな」

「それは風祭がまったく戻ってこなかったからだろ？」

「戻ってきたら両親が色々とうるさいからな。桜葉も俺の堅物親父《おやじ》を知っているから理解できるだろ？　海外で経験を積みたいって言った時も、『一人前になるまでは戻ってくるな』だからな。まぁ、そのおかげで向こうで自由に経験を積ませてもらえたことには感謝している」

これは私は退室したほうがいい雰囲気だ。

「だけど戻ってきたら戻ってきたで、日本では半人前以下なのだから、一からやり直せって言うんだ。しばらくは気が休まらないよ」

「それは大変だ」

仲睦まじい雰囲気を壊さぬよう、そっと一礼をして副社長室を出た。

席に戻り、パソコンを操作するものの、心はずっと落ち着かないでいる。本音をいえばあの場で色々と問い詰めたかった。

もしかして最初から優馬さんは私が副社長の秘書だと気づいていた？　気づいていたのなら旧友の秘書相手に関係を持ったのはなぜ？

それとも私が副社長の秘書ということは私と同じように今さっき知った？　それにしてはだいぶ落ち着いて見えたような？　普通は私のように動揺するものじゃないの？

いや、でもカフェでの別れ際の言葉から察するに、私のことを知っていた可能性が高い。どうしよう、副社長にバラされたら。彼の信用を失ってしまう。

そわそわして仕事が手につかなくなる。何度もふたりがいる副社長室とパソコンの画面を見比べていると、ドアが開いたものだから立ち上がった。先に出てきたのは副社長で、スマホを手にしていた。

「如月、悪いが風祭を下まで送ってくれないか？」

「かしこまりました」

「悪いな、頼む」

どうやら電話がかかってきたようで、副社長はその対応に当たっている。どうにかして優馬さんと話がしたいと思っていたから、願ってもないチャンスだ。

副社長室に戻る彼と入れ替わって優馬さんが出てきた。

「ご案内いたします」

「ありがとう」

優馬さんを誘導して廊下に出る。何人かとすれ違うため、話しかけることができなくてもどかしい。

どうかエレベーターには誰も乗っていないことを祈って、ボタンを押す。

するとさっきまで後ろを歩いていた優馬さんがいつの間にか肩を並べていて、私にしか聞こえない声で囁いた。

「びっくりしたか？」

不意打ちに心臓が飛び跳ねるも、「はい」と返事をして彼を見たら満足げに笑っていた。

「もしかして、最初から私が副社長の秘書だとご存じだったのですか？」

周囲に人影はないものの、誰に聞かれているかわからないため小声で訊ねたところ、優馬さんは首を横に振った。

「俺も愛実が電話で桜葉と話している時に声を聞いて初めて知ったんだ。だから言っただろ？　〝またね〟って」

「そうだったんですね」

去り際に放った彼の言葉には納得できたが、まだ聞きたいことがある。ちょうど到着したエレベーターには誰も乗っておらず、扉が閉まってから優馬さんの様子を窺いつつ聞いた。

「あの……副社長に私との関係は……」

「言っていないから安心してくれ」

どう聞けばいいのかわからず、しどろもどろな私を見て彼はすぐに察してくれたようだ。

「ありがとうございました」

胸を撫で下ろしたところで、優馬さんは続ける。

「もちろん、その対価に俺の婚約者として振る舞ってくれるよな？」

「えっ？」

地下駐車場ボタンを押した彼は、私に笑顔を向けた。

「筋書きとしては、一ヵ月近く前に愛実が困っていたところ、俺が助けた。その時はお互い名前も告げず、今日また偶然に今度は俺が困っていた時に再会し、お茶をしていたことにしよう。さらに今ここでまたも再会。これなら愛実がトレーを落としたことにも桜葉は納得するだろう。運命を感じて下まで送ってもらった際に連絡先を交換。次のデートで俺がプロポーズして婚約をしたっていうのはどうだ？」

一応辻褄《つじつま》は合っているが、とんでもない提案だ。

「どうだと言われても困ります。先ほども言いましたが、やっぱり私には優馬さんの婚約者など務まりません」

「なぜ？」

「なぜって……」

ちょうど地下一階駐車場に着いて扉が開いたが、彼に真剣な瞳を向けられていて身動きが取れなくなる。

「彼女を欺くためとはいえ、俺が愛実に運命を感じたのは事実だ。それに大手サクラバ食品の次期後継者である桜葉の秘書なら、愛実以上の適任はいないよ。両親も納得してくれるだろう」

「そんなっ……」

「もちろん婚約者として振る舞ってくれるのなら、俺と熱い一夜を過ごしたことは誰にも他言しない。どうだ？　引き受けてくれないか？」

これは完全なる脅迫ではないだろうか。

私自身としては、彼と一夜をともにしたことを広められたってかまわない。ただ、競合の御曹司、それも副社長の旧友と簡単に関係を持つような者だと周りに思われてしまったら、迷惑をかける相手は副社長だ。

私には拒否権などないに等しい。しかし、これもすべて己が蒔《ま》いた種。自分を落ち着かせるように深く息を吐く。

「婚約者のフリというのは、具体的にどんなことをして、期限はいつまでなのですか？」

関係を持ってしまった事実を消すことはできない。それならばいっそ彼の提案を受け入れて婚約者になってしまえば、正当な関係だと証明できるのではないか。

「お、やっと前向きに検討してくれる気になった？」

エレベーターから降りて歩き出した彼の後を追いかける。

「そうするしかない状況にあなたが持っていったのではありませんか。……婚約者として振る舞うのなら、副社長にもご報告をしなくてはいけませんよね？　役目を終えた後はどうご説明なさるおつもりで？」

副社長に対してだけじゃない、ご両親や社内の方たちのこともどう対処しようとしているのだろうか。

疑問に思ったことを聞いてみたが、彼はある車の前で足を止めた。

「それは追々ということでいいんじゃないか？　まずは愛実に引き受ける気持ちがあるのか、ないのかを聞きたい」

「それは……あるからこうして聞いているんです」

私の答えを聞き、優馬さんは嬉しそうに微笑《ほほえ》んだ。

「では詳しいことは次のデートの時に決めよう」

「えっ？」

そう言うと彼は後部座席に乗り込んだ。運転席には人がいて、すぐに車のエンジンをかける。すると優馬さんは窓を開けて顔を覗かせた。

「悪いな、これから会議が入っているんだ。俺の連絡先は渡した名刺の裏に書いてあるからあとで連絡をくれ」

「待ってください」

「それじゃまた」

私の話など聞かず、爽やかな笑顔で手を振って車は去っていった。

「嘘でしょ……」

取り残された私は、車が去った方向を見つめたまま呆然と立ち尽くす。

もしかして私、軽はずみに引き受けてしまったのでは？

あの夜は素敵な初体験として、一生の思い出として残るはずが、その対価はあまりに大きすぎたのかもしれない。

初めて感じた気持ち　優馬ＳＩＤＥ

「優馬、会社のトップに立つということは、働く者の人生を預かるということだ。それを決して忘れてはいけないよ」

幼い頃から父に何度も言われてきた言葉。昔は父の言葉がカッコよく聞こえて、俺も父のようになりたい、一番上の人になって会社をもっと大きくしたいなんて夢を抱いていた。

しかし父の言葉は、成長するにつれて俺に重く圧《お》し掛かってきた。

もちろん経営に関しては興味があったし、会社を継ぐことがこの家に生まれた者の宿命だと理解していたから最初は反発はなかった。

だが、後継者という目で見られることに息苦しさを感じ、時に逃げ出したい衝動に駆られていた。

そしてついに高校生になった頃、両親には迷惑をかける行動に出てしまった。

反発するように夜の街を歩き、女性に声をかけられたら誘われるがまま身体を重ね、喧嘩《けんか》を吹っかけられたら応じていた。

どうしようもない高校生活を過ごす中、転機となったのは両親に無理やり連れて行かれたパーティー。食品業界のトップに立つ、サクラバ食品の記念式典だった。

そこで出会ったのが桜葉海斗だった。彼の、同い年なのに堂々とした立ち居振る舞いで取引先と挨拶を交わす姿は眩しかった。

似た立場なのに、俺のように反発しなかったのか。生まれた時から決められた未来を歩むことに不満はないのか聞いてみたくなった俺は、思い切って彼に話しかけてみた。

同い年ということもあり、すぐに打ち解けることができた俺たちは、さっそく連絡先を交換して、そこからやり取りが始まったんだ。

最初は学校はどうか、どんな勉強をしているのかから聞き、次第に周りはどんな目で自分を見ているのか、現状に満足しているのか……お互い気になっていることを質問し合っては答えていった。

桜葉とやり取りを始めて十日が経った頃に、俺は今のやり切れない思いを彼に打ち明けた。電話で伝えたところ、彼は口を挟むことなく最後まで聞いて、そして「つらかったな」と俺の気持ちを理解してくれたんだ。

とくに解決策を出されたわけではない。ただ桜葉が話を聞いてくれて自分の気持ちを理解してくれた、たったそれだけで俺は不思議と前向きな気持ちになれた。

それはきっと桜葉は前を向いて頑張っていると知れたからだと思う。俺も彼のようになりたいと思った。

大学へ進学して二年が経った頃には将来への迷いはなくなり、俺は風祭フーズの後継者になるべく勉強に励んでいた。

その頃に、父から開業したばかりの海外支社で経験を積んでこないかと言われた。当時はそれほど語学が堪能ではなかったし、まだ日本で勉強したいことがあったから断ったものの、桜葉に相談したところ、「海外で学べるチャンスなど、そうあるものじゃない。絶対に行くべきだ」と背中を押された。

単純な俺はすっかりやる気になり、大学在学中の二十一歳の時にまずはインターンというかたちで渡航し、卒業後は本格的に海外支社での勤務に当たった。

そして十年を海外支社で過ごして大きな成果を上げることに成功したのだ。

「仕事で結果を残したら今度は身を固めろ、か」

仕事終わりにやって来たのは、二十歳を過ぎてから初めて桜葉と訪れたバー。酒を飲む場所といえば、ここになっていた。

カウンター席に座り、久しぶりに訪れたバーで注文したジントニックを飲みながら、深いため息が零れる。

父から「もうそこでお前が学ぶことはないだろう。そろそろ私が引退できるよう、日本で学びなさい」と言われ、海外支社から本社の専務職に就くことになった。

しかしそれは建前で、両親の本音は三十歳を超えたのだから、そろそろ結婚しろというものだった。

現に帰国するなり式典やパーティーに三週続けて連れ出され、多くの取引先の令嬢と挨拶をさせられた。おかげで勘違いされ、会社に電話をかけてくる令嬢まで現れたのだから迷惑以外のなにものでもない。

そうはっきり伝えたところ、じゃあ正式に見合いの席を設けようなんて言い出したから頭が痛い。

そもそも今はまだ結婚など考えられない。専務という立場になってこれからが大変な時だ。父は俺に会社を任せられると判断したらすぐにでも引退して、自分は母とふたりでのんびりと隠居生活を楽しむなどと言っている。

いくら海外で成果を上げているとしても、国内では経営やマネジメントの実績はまだない。重役からは到底後継者として認めてもらえないだろう。

そんな時に恋人のことを気遣う余裕などないし、自分のことで精いっぱいだ。だから見合いなどしないと伝えたが、母が乗り気で素敵なご令嬢を探すと言っていた。

母が言う素敵なご令嬢は、きっと結婚したら家庭に入ってくれて、俺を献身的に支えてくれる人だろう。

世間一般で見たら素敵な女性だと思う。だが、俺の理想の結婚相手とは思えない。海外で長く働いていたこともあって、俺は女性には男性と同じように自分の人生を歩んでほしいと願っている。

結婚したからといって、無理に家庭に入ることはない。好きな仕事を続けてほしいと思うし、家のことなら平等に分担したりプロを雇ったりしたらいい。

結婚するなら自分と同じように仕事に誇りを持っていて、切磋琢磨《せっさたくま》して成長し合える相手がいい。

「そんな相手はなかなかいないけどな」

ボソッと独り言《ご》ちてしまう。

働く女性が増えてきたといっても、日本はまだまだ女性の社会進出が遅れている。その点も風祭フーズで取り組んでいきたい課題のひとつでもある。

結婚して出産しても、変わらずに働ける環境作りに尽力したいと思っている。まぁ、それはまだまだ長い道のりだが。

今、自分の理想の女性と出会えたとしたら、きっともう運命ではないかと思う。なんて、柄にもなくロマンチックなことを考えるほど酔ってしまったのかもしれない。

明日も仕事だし、最後にもう一杯だけ飲んで帰ろうとした時、俺は本当に運命の出会いを果たしたのだ。


「可愛い寝顔だな」

自分の腕の中で安心しきった顔で眠る彼女は愛らしくて、自然と頬も緩む。

最初はとんだ場面に出くわしてしまい、聞いてないフリを続けていた。しかし、どうしても話が耳に入ってきて、言われ続けている彼女が不憫に思えた。

きっと相手は頭が上がらない相手なのだろう。必死に耐えた後、逃げるように去っていくかと思いきや、ウイスキーのロックを注文するではないか。

そんな彼女に興味を抱き、声をかけた自分を褒めてやりたい。この僅か数時間に俺はすっかり愛実の虜《とりこ》になってしまったのだから。

職場では鉄仮面の秘書と呼ばれるほど真面目な性格で強い女性かと思いきや、弱い部分もあって不器用な人だと思った。

笑った顔は愛らしくて、綺麗な出《い》で立《た》ちをしているのに恋愛経験がないという初心《うぶ》なギャップにも惹《ひ》かれた。

なにより彼女の不器用な生き方が、昔の自分と少し重なって手を差し伸べたくなってしまったんだ。

「きっと愛実は、俺とは一夜限りの関係で終わると思っているんだろうな」

髪を一束掬《すく》ってそっとキスを落とす。すると眉間に皺《しわ》を刻んで「んっ……」と声を漏らしたものだから起きたのかと思ったが、すぐにまた規則正しい寝息が聞こえてきた。

寝顔を見つめていたと知られずホッとしたものの、起きた時の反応が見られずに残念な気持ちになる。

愛される幸せを教えるつもりが、俺のほうが幸せな気持ちにさせられたよ。

これまでは漠然と、将来は親の決めた相手と結婚するとばかり思っていた。だから本気で恋愛をしてきたことなどなかったし、強烈に惹かれる人もいなかった。

ただその場だけだったり、短い期間をともに過ごす関係だったり、のらりくらりと女性との関係を続けてきた。

こんな風に出会ったその日に身体の関係を持ったこともあったが、これほど健気《けなげ》に応える姿が愛おしくて、もっとと求めてしまったのは初めてだった。

それはきっと愛実の人となりを知ったからかもしれない。

だが、俺の知る愛実はまだごく僅か。これからもっと知っていけば、どうしようもないほど惚れてしまいそうだ。

明日の朝、目が覚めたら今後も会いたいと伝えよう。愛実は恋愛経験がないんだ、慌てずにゆっくりと距離を縮めていけばいい。

しかし彼女を抱きしめて眠ったら、いつになく深い眠りに就いていて愛実が部屋から出ていったことに気づけなかった。

俺に残されていたのはホテル代と思われる数万円と、別れのメッセージのみだった。

だけど、どうしても愛実のことを諦められなくて仕事が早く終わった日は、必ず愛実と出会ったバーに向かった。

運命の相手なら絶対に再会することができるはず。そう信じていたが、一ヵ月が経っても愛実に会うことは叶わなかった。

彼女とは縁がなかったのかもしれないと割り切って、諦めるべきなのかと迷い始めた頃、再会することができたんだ。

だがそれは、今度は俺の修羅場を目撃されるという最悪な再会だった。言い寄ってきた女性とのやり取りを見られていたのなら、悪い印象を持たれただろう。

誤解を解き、なおかつ愛実と会う時間を確保する方法を短い時間で考えたところ、偽の婚約者を演じてもらいたいと頼むことにした。

そうすれば自然と一緒に過ごす時間を持つことができて、彼女を振り向かせるチャンスも得られる。

婚約者のフリというのは建前で、本物の婚約者になってもらうべく努力しようと思ってのことだったのだが、彼女はなかなか首を縦に振らなかった。

どうしたものかと頭を悩ませ始めた頃、やはり愛実は俺の運命の相手だと疑いようがない偶然が重なった。


「まさか愛実が桜葉の秘書だったとは」

サクラバ食品を後にして本社に戻る車内。タブレットで会議の資料に目を通しながらふと声が漏れてしまった。

こんな偶然あるか？　もう運命としか言いようがないだろう。

桜葉からも愛実のことを信用していることが伝わってきた。最初は桜葉が愛実に対して恋愛感情を抱いているのではないかと不安になったが、幸いなことに桜葉は彼女のことを部下としてしか見ていないようだった。

桜葉の話を聞き、ますます愛実に惹かれた。二度目の再会に驚いた反応も、早く俺の事情を聞きたそうにしている姿も、どちらも愛らしくてどうしようもなかった。

卑怯な手を使ってしまったことは申し訳ないが、そうでもしないと愛実は俺にチャンスをくれなかったはず。

どんな方法でもいい、最後に彼女の心を手に入れることができるのならなんだってやる。

これからどうやって愛実との距離を縮めていこうかと考えただけで、不思議と幸せな気持ちになってしまった。

婚約者を演じるにあたっての契約内容

優馬さんの婚約者として振る舞うことを了承してしまった日から、三日後のお昼時。私は秘書課の先輩の大宮さんに誘われ、パスタが美味しいと評判の店に来た。

しかし途中で大宮さんのスマホに連絡が入って泉川君も合流することになった。目の前で先輩と同期カップルの仲睦まじい様子を眺めながらランチをするという、今の私には少し複雑な状況になっている。

「静香さん、これも食べてみて。すごく美味い。絶対静香さん好みの味だと思う」

そう言って泉川君はフォークにパスタを巻きつけて、大宮さんの口もとに近づけた。

「ちょっと享也君、如月さんもいるじゃない」

「えー、いいじゃん。如月しか見ていないんだし」

見るのも聞くのも堪えられなくなり、大きく咳払いをした。

「泉川君、大宮さんが嫌がることはしないほうがいいと思うわ」

「それなら大丈夫。だって静香さん、本気で嫌がっていないってわかってるし」

仕事ができるクールな営業部のエースも、愛する人を前にしたらすっかりとだらしない緩んだ顔になってしまうようだ。

「どうして享也君がわかるのよ」

「わかるよ、だってずっと静香さんを見ているし」

「なによ、それ」

秘書課の先輩として尊敬する大宮さんも、まんざらではなさそうな様子。誰かに夢中になるとはこのことをいうのだろうか。

無になってひたすらパスタを口に運んでいるとスマホが鳴った。フォークを置いてメッセージを確認したところ、送り主は優馬さんだった。

実は名刺の裏に書かれていた連絡先にメッセージを送ったのは昨夜だった。なんて最初に送ったらいいのか迷ってしまい、二日間送ることができなかった。

悩みに悩んで送った内容は【如月です。遅くなりました】の二言だけ。それに対して彼からは【待ってたよ】とすぐに返信がきた。

そこから立て続けにメッセージが届いて、怒涛《どとう》の質問ラッシュが始まった。好きな食べ物や趣味、出身地や好きな音楽など次々と聞かれている。

また新たな質問かと思ってメッセージ画面を開くと、【他にも聞きたいことがたくさんあるから、今夜食事に行かないか？】と綴《つづ》られていた。

昨日の今日で食事に誘われるとは思わず、二度見してしまった。するとすぐにまたメッセージが送られてきた。

そこには【二日も連絡を待たされたんだ。まさか付き合ってくれないなんてことないよな？】と脅迫じみたことが書かれている。

連絡してくれって言われていたのに、二日もしなかったのだから申し訳なく思う。でも今日は副社長に十七時から会食が入っていて、私も同席することになっている。懇意にしている相手で、話が盛り上がればおのずと時間も長くなるはず。そうなると何時に行けるかわからない。

それを伝えたところ、【愛実に俺と食事に行ってもいいっていう気持ちがあるなら待つよ。遅くまでやっている飲食店を知っているから、終わるまで仕事して待ってる】と返ってきた。

これはどうしたらいいのだろうか。本当に何時に終わるかわからないし、またの機会にしてもらったほうがいいのでは？

そう思って返信しようとしたところ、大宮さんに声をかけられた。

「もしかして仕事でなにかあった？」

「えっ？」

スマホ画面から大宮さんに目を向けると、彼女は心配そうに私を見つめていた。

「如月さん、深刻な顔をしているから大きなトラブルかと思って」

嘘、私ってば大宮さんが心配するほど深刻な顔をしていたの？

「なんだ、違ったのか？」

泉川君までも心配そうに聞いてきたものだから、慌てて否定をした。

「いいえ、違います。ただ、その……あるメッセージに対して、なんと返したらいいのか迷っていまして」

嘘はつけなくて説明したところ、ふたりは顔を見合わせた。そして泉川君は目を瞬かせながら聞いてきた。

「え、まさか男？」

「ちょっと享也君！」

さすが大宮さん、泉川君を止めてくれるのかと思いきや、すぐに目を輝かせて私を見る。

「如月さんには享也君とのことですごくお世話になったから、同性である私が聞くべきよ。相手はどんな人なの？　如月さんに見合う人でなければ私が許さないわよ」

「そもそも如月ってどんな男に惚れるんだ？　如月以上に完璧な男なんてなかなかい

ないだろ？」

「あら、如月さんが完璧だからって相手にも同じものを求めるとは限らないわよ」

「たしかに。だって俺は静香さんみたいに完璧じゃないし」

勝手に話を進めるふたりに眩暈《めまい》を起こしそうになる。

「ちょっと待ってください。私、まだなにも言っていませんからね」

釘《くぎ》をさすように言ったが伝わっておらず、ふたりは微笑ましいというような表情を私に向けた。

「私たちには隠さなくてもいいじゃない」

「そうだぞ、如月。まぁ、最初は恥ずかしくて相談できないか。俺たちならいつでも聞くから言ってくれよ？」

完全に色恋関係だと勘違いされてしまったようだ。……まぁ、あながち間違ってはいないものの、優馬さんとの関係が関係だけに安易に相談できそうにない。

「ありがとうございます」

そう伝えたところ、ふたりは嬉しそうに頬を緩めた。きっとふたりとも私の相談に乗ろうとしてくれているのだろう。

デザートを食べ終わったところで泉川君は会社から呼び出しが入り、一足先に戻っていった。私と大宮さんも食後の珈琲を飲んで店を後にする。

そして歩いて会社に戻る途中、横断歩道の信号待ちをしていると大宮さんが口を開いた。

「さっきは享也君もいたからちゃんと聞けなかったけど、如月さん、本当に気になる人でもできた？」

「えっ？　いいえ、そういうわけでは……ない、と思います」

はっきりと否定はできずに歯切れ悪く返事したところ、大宮さんはクスリと笑った。

「その様子だといるんでしょ？　もしくは気になっているとまではいかなくても、連絡を取り始めた人とか？」

鋭い観察力になにも言えなくなる。

「そうですね、おおむね合っています。……男性と仕事以外で連絡を取ることが初めてなので、返信のたびに頭を悩ませているのですが……」

そうだ、返信に悩んでいたら怒涛の質問ラッシュが始まった。もしかして優馬さんは私が悩んでいることを察して答えやすいようにひとつずつ質問してくれた？

メッセージ文を思い返したらそんな気がしてきて、胸の鼓動が忙《せわ》しくなる。

「如月さんにとってその人との縁を続けたいと思っているのなら、素直になることが一番よ。まぁ、これは私の教訓でもあるんだけどね」

横断歩道の信号が青に変わり、歩を進めながら大宮さんは話を続けた。

「私の場合、なかなか素直になることができずに享也君を傷つけてしまったから、すごく後悔しているの。だから如月さんには同じ思いをしてほしくなくて」

「大宮さん……」

そうだった、彼女は泉川君との歳の差をずっと気にして、好きなのに素直になれないと悩んでいた。

「享也君と出会って私の恋愛経験値も少しは上がったから、なにかあったらいつでも言って。できる限り力になるから」

「ありがとうございます」

後輩たちは大宮さんは厳しくて怖いと口を揃えて言うけれど、そうじゃない。厳しいのはミスの許されない仕事だからだ。後輩のことを思って指導してくれているだけで、いつも周りを気遣い、気配りを忘れない人。

それに親身になって話を聞いてくれる頼りになる先輩でもある。この先、なにかあったら頼ってもいい人がいるって思うと嬉しくなる。

泉川君もだけれど、本当にこうやって気にかけてくれる存在に救われる。

それから大宮さんと仕事の話などをしながら会社に戻り、廊下で別れたところで優馬さんに肝心の返信していないことに気づいた。

廊下の端で足を止めてスマホを確認すると、新たなメッセージが届いていた。

私がメッセージ文を読んだにもかかわらず返信しなかったため、【返信がないということは、了承したと受け取る。終わったら連絡をくれ】と綴られていた。

これはもういよいよ断れない雰囲気だ。返信しなかったこちらが悪いと諦め、【会食が終わり次第連絡します】と送って午後の勤務に就いた。

午後の副社長の予定は、まず十三時半から開発部との打ち合わせが入っており、その後に営業部と新商品のPR方法についての会議がある。

それらが終わったら上がってきた報告書に目を通していただいて、会食という流れになっている。

会食場所は先方が手配してくれた日本料理店。そのため、副社長が打ち合わせ中に私はお礼の品を買いに外出し、戻ったら雑務を片づけていく。

そうこうしている間に時間はあっという間に流れていった。

約束の十分前に会食場所に着くと、すでに先方もいらしていて、和やかな空気の中で食事が始まった。

私も同席させていただき、先方の秘書の方と他愛《たわい》ない話の中で情報交換をしていた。

だが、どうしてもちょっとした瞬間に時間が気になって視界の端で腕時計を数回にわたって確認にしてしまっていた。

コース料理も終盤に差し掛かり、時刻は十九時になろうとしていた。

普段だったら二時間弱で終わることが多いが、副社長たちの様子を窺うにお酒も入ってだいぶ話が盛り上がっている。これはまだかかりそうだ。

一度、優馬さんに遅くなるかもしれないと連絡を入れたほうがいいだろうか。いや、向こうが勝手に待っていると言っていたのだ。そこまで気遣う必要はない？

それに何度も先方から話を振られている状況で席を立ったら、この場の空気を壊しかねない。

とにかく今は仕事に集中しようと言い聞かせた。


「今夜は楽しい時間をありがとう。今後もよろしく頼むよ」

先方をタクシーに乗せて私と副社長は見送りに立つ。

「はい、よろしくお願いいたします。お気をつけて」

「ありがとうございました」

副社長に続いて頭を下げてタクシーを見送ったところで、副社長は小さく息を吐いた。

「遅くまですまなかったな」

「とんでもございません。有意義なお時間をお過ごしできてなによりです。お疲れ様でした」

「あぁ、お疲れ」

そう言うと副社長は呼んでいたもう一台のタクシーに乗った。

「家まで送る」

「えっ」

乗るよう促されるものの、動きが止まる。そんな私を副社長は不思議そうに見つめた。

「もう二十一時を回っているんだ、家まで送るよ」

たしかに外出先で解散となった際は、いつもこうして副社長がタクシーや、専属の運転手が運転する車で私を自宅マンションまで送ってくれる。だから当然の流れだ。

「どうしたんだ？　如月」

いつまでもタクシーに乗らない私に訊ねる副社長に、深々と頭を下げた。

「申し訳ございません、この後、その……予定が入っておりますので、本日はここで失礼させていただいてもよろしいでしょうか？」

「そうだったのか。なおさら悪かったな、遅くまで付き合わせてしまって」

「とんでもございません！　仕事ですので」

顔を上げて返事をすれば、副社長はクスリと笑った。

「あの、副社長？」

なぜ笑ったのかわからなくて呼んだところ、副社長は「悪い」と言って続けた。

「そういう真面目なところが如月らしいなと思ってな。だからこそ如月を信頼しているが、時にはプライベートを優先してくれてもかまわない。人生、仕事がすべてではないんだ。周りの大切な人との時間を大事にしてくれ」

「副社長……」

大切な人との時間。そう、だよね。それを疎《おろそ》かにしたため、母との時間をもっと過ごせばよかったと後悔したばかりなのに。

副社長の言っていることは理解できる。でもすぐには仕事優先のスタンスを変えられない。やはり私にとって仕事も大事だから。

「肝に銘じます」

副社長は私のためを思って言ってくれたと理解しているし、母のことで後悔もした。だから今後は少しずつでもいいから変えていこうと思ってそう伝えたところ、彼はクスリと笑った。

「どこまで真面目なんだ？　ところで、その用事とやらには相手がいるんだろう？　場所を教えてくれたら送っていくぞ」

「いいえ、大丈夫です。明日も仕事です。副社長は早く帰宅なさって身体を休めてください」

明日から新プロジェクトの打ち合わせが入っているのだから。

「……そうか。ではまた明日」

「はい、お疲れ様でした」

副社長が乗ったタクシーを見送り、すぐに私は優馬さんにメッセージを送った。すると既読がついて電話がかかってきた。

「え？　電話？」

びっくりしながらも通話に出ると、すぐに『お疲れ。今どこにいるんだ？』と聞かれた。

「今は……」

聞かれたまま店の名前を告げると、『了解。十五分くらいで着くから待っててくれ』と言って通話は切られてしまった。

着くってことは、迎えに来てくれるということだよね？　申し訳なく思いながらも待っててくれと言われた手前、待つしかない。

気づかれやすい場所に移動して待つこと十五分弱で、一台のスポーツカーが駐車場に入ってきた。ライトが私を照らし、目の前で停車した。すぐに運転席から降りてきたのは優馬さんだった。

『お疲れ、愛実」

「あ……お疲れ様です」

労《ねぎら》いの言葉をかけられ、戸惑いながらも答える。すると彼は紳士的に助手席のドアを開けてくれた。

「どうぞ」

「ありがとうございます」

言われるがまま助手席に座ると、ドアまで閉めてくれた彼も運転席に乗り込む。

「珈琲は飲める？」

「はい」

「それはよかった。途中で買ってきたんだ。よかったらどうぞ」

「すみません」

至れり尽くせりで戸惑うばかりの私を乗せて、優馬さんは車を発進させた。少しして、遅くなったことについて謝罪していないことに気づいた。

「あの、遅くなってしまって申し訳ございませんでした」

「なに言ってるんだ？　仕事なんだから仕方がないだろ？　謝ることじゃないし、今後ももちろん仕事を優先してくれてかまわない」

いいの？　仕事を優先しても。だって世の中の恋人はどちらかが仕事を優先したら嫌に思うものではないの？

それともそれはドラマの中の話であって、現実ではこれが普通なの？　どう答えるのが正解かわからなくてなにも言えずにいると、優馬さんはクスッと笑う。

「その代わり俺も仕事を優先してしまう時もあるからお互い様だ。だからそんなに考え込むことはない」

「あ、はい」

なにが正解かわからないけれど、彼の提案は私にとってありがたい。やはり私の中で仕事は最優先事項だから。

「会食はうまくいったのか？」

「はい」

「それはよかった。桜葉は順調に人脈を築いているんだな。俺も頑張らないと。まだ国内では知り合いも少ないからさ。今は挨拶回りが主な俺の仕事になってるんだ」

「そうなんですね」

たしかずっと海外支社で働いていたんだよね。それなら色々と大変だろう。ずっと本社で勤務していた副社長でさえ、本来会社を継ぐはずだったお兄様が亡くなられてから、なにかと社内をはじめ、業界内での風当たりが強かったし、不信感を抱かれることも少なくなかった。

相当なプレッシャーだっただろう。それは優馬さんも同じはず。

「だけど違うフィールドに立って新規開拓すると思えばおもしろくもある。重役たちの鼻を明かすために新プロジェクトも思案中だ」

そう話す優馬さんの目は輝いていて、その姿が副社長と重なって見えた。

「優馬さんはお仕事が好きなんですね」

「当然だろ？　好きじゃなきゃできないさ。きっと桜葉も同じだろう。嫌いだったら他人の人生を預かる立場になど立てない」

彼の言う通り、ふたりともいずれは会社のトップに立つ存在だ。仕事に対する思いが強く、責任感が伴わなければ務まらないだろう。

「そういうところ、副社長にそっくりですね」

「そうか？」

「はい、副社長もどの仕事に対しても強い責任感を持っておられますし、なにより仕事をする姿は楽しそうに見えますので」

そんな副社長を尊敬しているから、できる限り仕事上で彼のサポートをしたいと思っている。だから話を聞いて優馬さんに対して好感を抱いてしまった。

その思いで言ったものの、なぜか優馬さんから言葉が返ってこない。不思議に思って彼の横顔に目を向けると、どこかムッとしている様子。

「どうされたのですか？」

「いや、あまりに愛実が桜葉のことを褒めるから嫉妬した」

「嫉妬って……。上司として尊敬しているだけですよ？」

「それはわかっているけどさ、妬《や》けるものは妬ける」

どうして嫉妬するの？　そもそも私と優馬さんはそのような感情を持ち合わせる関係ではないのに。

混乱する私をよそに彼は話を続けた。

「まぁ、半分は冗談だ」

笑って言う彼から推測するに、どうやらからかわれたようだ。そうだよね、偽の婚約者役をしている私に嫉妬なんてあり得ないはず。

「話の続きだけど、愛実が桜葉のことをそう思うのも当然だろうな。俺も桜葉の姿を見て尊敬と憧れを抱いて、更生したから」

「えっ！　どういうことですか？」

思わぬ話に聞いてみると、優馬さんの意外な過去と彼と副社長の出会い、それからの付き合いを話してくれた。

「面と向かっては言えないがあの時、桜葉に出会えたことに感謝しているんだ。そうでなければ今の俺はいないと思う」

優馬さんは自分の過去ときちんと向き合い、前向きに物事を考えられる人だと思った。だからきっと私がやけ酒しようとしていたところを止めてくれて、話を聞いてくれたのだろう。

車は都内の夜景スポットに到着し、停車した。

「本当は食事に行こうと思ったけど、会食してきたならゆっくりと夜景が見える場所で珈琲でも飲もうと思ってさ。今後についても色々と話し合う必要があるだろ？」

「そうですね」

それは三日前に了承した時からずっと気になっていた。婚約者のフリはいつまですればいいのか、どこまでの範囲でするのか。それによって私にも大きな影響が出てくるから。

「せっかくだから夜景を見ながら話そう」と言われ、彼が私の分の珈琲も持ってくれた。

車から降りて少し歩いた先に公園があり、そこから有名な橋の夜景が見渡せる。近くのベンチに座ると珈琲を渡された。

「ありがとうございます」

少し冷めてしまった珈琲を飲みながら、綺麗な夜景に目を奪われる。

「私、夜景を見に来たの初めてです」

「そうなのか？　じゃあ今度はもっと綺麗な夜景を見に行こう」

「今度ですか？」

思わず聞き返すと、優馬さんは大きく頷いた。

「あぁ。夜景だけじゃなくて、色々な場所にふたりで出かけよう」

なぜ彼はそんなことを言うのだろうか。だって私たちは本物の恋人ではないのに。

優馬さんの考えていることがわからなくて困惑してしまう。それに気づいたのか、彼は私の顔を覗き込んできた。びっくりしてのけ反ったら優馬さんは頬を緩める。

「愛実って意外と感情が顔に出やすいよな」

「えっ？　そうでしょうか？」

周りからはよくなにを考えているかわからない、いつも厳しい表情をしているから鉄仮面なんて言われているのに？

「わかりやすいよ。現に今は俺がなにを考えているかわからなくて、眉間に皺を刻んでいただろ？」

思わず眉間に手を当てれば、彼は声を上げて笑った。

「ほら、そういうとこ。こんなにわかりやすいのに、どうしてみんな愛実のこと、わからないんだろうな」

そんなことを言うのは優馬さんだけだよ。だって長い付き合いの泉川君だっていまだに私が怒っていないのに、怒ってると勘違いしてくることがあるくらいなのだから。

初めて会った日に弱音を吐いてしまったから？　だめなところも全部打ち明けたから、優馬さんの前では感情が表に出るのだろうか。

「悪い、話が逸れちゃったな。婚約者のフリについてだけどさ、無期限にしないか？」

「無期限って……どういうことですか？」

思いがけない話にすぐに聞き返した。

「俺は今のところ、結婚するつもりはない。それは愛実も同じだろ？」

「そう、ですが……でも、期限は設けたほうがいいんじゃないですか？」

彼は風祭フーズの御曹司だ。付き合いが長くなればなるほど、色々とまずい状況になる気がしてならない。

「どう考えてもメリットしかないと思わないか？　俺は愛実がいてくれたら煩わしい見合いをしなくて済むし、取引先の令嬢に言い寄られて困ることもなくなる。愛実だって母親を安心させたいんだろ？　引き受けてくれた以上、愛実のお母さんにもしっかりとご挨拶をさせていただくよ」

たしかに母は私が結婚して幸せになることを望んでいる。その相手が優馬さんなら言うことはない。彼を紹介したら間違いなく大喜びするだろう。

しかしそれは一過性のもの。本当に彼と結婚するわけではないのだから、後々母を悲しませることになる。

とはいえ、今の母は難病を患って気持ちも落ちているだろう。ここで私に結婚を考えている相手がいるとわかれば、今まで以上にリハビリに励み、前向きな気持ちになってくれるかもしれない。

期限を設けないのなら、しばらくの間は母を安心させることができ、治療とリハビリに専念してもらえるのでは？

「そうなると、私も優馬さんのご両親にご挨拶をするべきですよね？　でも、私では到底認めてもらえないと思うのですが」

きっと彼のご両親が求める結婚相手は、この前言い寄っていたようなどこかの企業のご令嬢だろう。

「そんなことはない。愛実はサクラバ食品の副社長秘書だぞ？　むしろ親のコネはいっさいなくその地位まで上りつめた愛実に、両親は好感を抱くだろう。父さんは実力主義者なんだ。間違いなく気に入られるよ」

すぐに信じることはできないが、仮に彼の言うことが事実だとしても、他にも問題はある。

「それだけではありません、期限を設けなかったら周りは私たちが結婚すると信じてしまうのではないでしょうか？　そうなったらどうするのですか？」

仮の関係だというのに、結婚せざるを得ない状況に追い込まれてしまったらどうするの？

「その時は本当に結婚したらいいだろ？」

「はい？」

あまりに優馬さんがあっけらかんと言うものだから、大きな声が出てしまった。

「本気で言っています？」

「俺はいつでも本気だ」

なんて言う彼の顔は笑っている。絶対に違うはず。ジロリと睨めば、「俺の気持ちは伝わらないか」と言う。

「じゃあ、どちらかに好きな相手ができたら終わりにすればいい」

「そんな簡単な話ではないのではないですか？」

私はともかく、彼の周りはきっと結婚を望んでいるはず。副社長だってそうだ、本人の意思とは関係なしに上層部は早くに身を固めて後継者を望む声も多いのだから。

「愛実は難しく考えすぎだ。結局結婚は本人たちの問題だろ？　もしもの時は、性格の不一致で婚約を破棄したと言えば問題ない」

本当にそうなのだろうか。彼の立場が悪くなったりしない？

「もちろん俺が責任を持つ。愛実に非はなかったと周りに言うから安心してくれ」

「いいえ、私はどうでもいいんです。優馬さんの立場が悪くなるのではないですか？」

「えっ、俺？」

どうやら私自身のことを心配していたと思っていたようで、彼は自分を指差した。

「はい、優馬さんです。社内での立場が悪くなったりしませんか？　イメージがとても大切ではないですか」

副社長を見ていたら、嫌でもトップに立つ者のイメージがどれほど重要かわかるから。心配で聞いているというのに、なぜか優馬さんは嬉しそうに頬を緩めた。

「優しいな、愛実は。やっぱり俺たち、本気で結婚しないか？」

「しません」

きっぱりと否定すると優馬さんは「だめか」と項垂《うなだ》れた。

「でも本当に俺なら大丈夫。どんなにイメージが下がったとしてもその分、仕事で成果を出すまでだ。だから愛実はなにも心配することはない。もとはといえば、俺から持ちかけた話なんだから」

彼はそう言うが、本当にいいのだろうか。だって私にとってはメリットしかない。一番の気がかりだった母を安心させることができるし、優馬さんと婚約したと周知されれば、社内外で副社長を狙っていると思われることもなくなるだろう。

多少はまた汚い手を使って優馬さんの婚約者になったと陰口を叩かれる可能性もあ

るけれど、表立っては言われることはないはず。

「いただいた条件で引き受けても本当によろしいのですか？」

最終確認で訊ねたところ、優馬さんはすぐに首を縦に振った。

そういえば、最初は交換条件だったのに、あの一夜の話はまったく出なくなってしまった。私としては、優馬さんが秘密にしてくれるならかまわないけれど……。

「当たり前だろ？　じゃあ契約成立だな。これから末永くよろしく頼むよ」

末永くは、できるだけ付き合いたくないところだけれど……。でもなぜだろう。彼との関係が無期限だということに喜んでいる自分もいる。

それは彼が初めての相手だから？　仕事に対する姿勢が尊敬する副社長と似ているから？　私とは違って過去の自分を受け入れ、前向きな考え方を持っているからだろうか。

理由はわからないけれど、ふと昼間に大宮さんに言われた言葉が脳裏をよぎった。

きっとこの提案を拒否したら私は後悔すると思う。だからこの選択は間違っていないと信じたい。

「はい、よろしくお願いします」

彼と向き合って頭を下げると、「硬いな」と言われてしまった。

「これじゃ上司と部下みたいじゃないか。もう少し砕けて話してくれてかまわない」

「そう言われましても、これが私の通常運転なので難しいかと」

泉川君や大宮さんに対しても同じだし、そう簡単に変えることは難しい。

「じゃあこれから頻繁に会って親睦を深めるしかないな」

「と、言いますと？」

小首を傾《かし》げる私に優馬さんは顔を近づけてきたものだから、心臓が止まりそうになる。一瞬キスされるかと思ったが、それ以上彼は近づいてこなかった。

「少しの時間でも会おう。それと……そうだな、休日は予定がない限り一日中一緒に過ごすようにしようか」

「一日中ですか？」

私にとって休日は身体を休めて週明けの月曜日に備える大切な一日だ。それを彼と過ごすことに費やせる？

「あぁ、そうだ。平日はお互い仕事を優先する分、休日は時間を共有する必要があるだろ？」

「それはそうかもしれませんが、私にとって休日は仕事で疲れた身体を休める日でもあるんです。せめて半日にしませんか？」

「却下」

優馬さんは私の提案をあっさり切り捨てた。

「一緒に休むこともできるだろ？　大切なのは同じ時間を過ごすことだ。そうしていれば愛実も俺に慣れて、その堅苦しい口調も変わるだろうし」

そんな気はまったくしないのだが、彼は一歩も引かなそうだし、受け入れるしかなさそうだ。

「わかりました。しかし、再来週《さらいしゅう》以降からでもいいですか？」

「なにか予定でも？」

「はい、今週は土曜日も出勤になっていますし、来週は実家の母の様子を見に行きたいと思っているので」

ずっと先延ばしにしていた帰省をして、母の様子を確かめてこなくてはいけない。

「その代わり平日はできるだけ時間を作って……」

「俺も一緒に帰省するよ」

私の言葉を遮ったセリフに耳を疑う。

「え？　一緒にとは？」

「そのままだよ。いずれは愛実の母親に挨拶するつもりでいたからいい機会だ。そうだ、せっかくだから一泊して観光でもしてこよう」

「せっかくの意味がわかりませんが？」

私の突っ込みは聞いていないようで、優馬さんはさっそくスマホを手に取って福島の観光名所や旅館などを調べ始めた。

早いうちに母を安心させられるのは助かるけれど、出会って間もなく、恋人でもない男性と一泊旅行なんて私には無理だ。

しかし私の話など聞き入れてもらえず、来週末に優馬さんと福島に帰省することが決まってしまった。

偽装婚約者だったはずなのに

新幹線と普通列車に揺られること約二時間。いつもはひとりで降り立つ地元の駅に、今日は優馬さんと立っていた。

今日はまず私がひとりで帰省して、優馬さんの存在を明かしてから挨拶に来てほしいと説得したものの、ことごとく却下されてしまった。

母には事前に電話で紹介したい人を連れて行くと伝えてあるが、こんな経験は初めてだから数日前から緊張していた。

「いいところだな。駅前の商店街もなかなか栄えているじゃないか」

どうやらこの田舎の景色も優馬さんには新鮮に見えるようで、目を輝かせた。

「せっかくだし立ち寄りたいところだが、お義母《かあ》様との約束の時間があるし、今回は諦めるしかないな。ここからはどうやって行くんだ？」

「歩いて十五分くらいなのでいつもは徒歩で向かっていますが、タクシーで行きましょうか？」

私は歩き慣れた道だけれど、優馬さんにとっては違うだろう。

「いや、それくらいの距離なら歩いていこう。せっかく愛実の地元に来たんだ、どんなところで育ったのか見たい」

「……わかりました」

なぜ優馬さんはドキッとするようなことをサラッと言えるのだろうか。深い意味はないとわかってはいるけれど、私の生まれ育ったところが見たいなんて……。

いや、ただ単に婚約者を演じる上で私の生い立ちを知ったほうがいいと思ったからだろう。絶対に深い意味はないと自分に言い聞かせなければ、ずっと胸の鼓動の速さが収まりそうにない。

「じゃあ行こうか」

「え？　あっ」

せっかく胸の鼓動を静めようとしているというのに、今度はナチュラルに手を繋いできたものだから困る。

「なぜ手を繋ぐのですか？」

すぐに振りほどこうとしたがそれを彼は許してくれず、さらに強い力で握られてしまった。

「なぜってもちろん愛実に慣れてもらうためだ」

彼はそう押し切って私の手を握ったまま歩き出す。

「慣れるもなにも、婚約者を演じるにあたって手を繋ぐ場面などあります？」

「大ありだろ。他人の目に仲睦まじく映る必要があるのだから」

「それは手を繋がなくても可能では？」

「手を繋がない恋人などいるわけがないだろ」

言い合いをしながら歩を進めていると、すれ違いざまに私たちを見た母親と一緒の五歳くらいの女の子が大きな声で言った。

「ねぇ、ママ。あのお兄ちゃんとお姉ちゃん、昨日の夜のママとパパみたいに喧嘩しているけど、止めてあげたほうがいいのかな？」

思わず足を止めてふたりとも振り返って女の子を見てしまった。すると指をさして母親の返事を待つ女の子と、私たちと目が合って青ざめる母親。

「すみません！　お兄ちゃんとお姉ちゃんは仲良しだから止めなくていいのよ。ほら、早く行きましょう」

「えぇー、本当に？　すごく怒っていたのに？」

「大丈夫！」

母親に手を引かれながら女の子は心配そうに私たちを見る。これには私も優馬さんも笑みを浮かべて手を振るしかなかった。

何度も振り返りながら頭を下げる母親と女の子を見送り、顔を見合わせる。次第に今の状況が可笑しく思えてきてどちらからともなく笑ってしまった。

「あんな小さな子に心配されるなんて、俺たちはなにをやっているんだろうな」

「本当ですよ」

それも思い返せば、随分と幼稚な理由で言い合いをしていた。

ひとしきり笑った後に、優馬さんの大きな手は改めて私の手を握りしめた。

「だけど手を繋いで歩くだけで、小さな子にも恋人だと認識されるんだ。だから今後もふたりで歩く際はこうやって手を繋ぐぞ」

「……仕方がありませんね、わかりました」

「なんか棘のある言い方だな」

「通常運転ですが？」

言い返したら優馬さんは声を上げて笑うものだから調子が狂う。きっと彼以外の人だったら私の態度を不快に思うか、顔を引きつらせるだろう。

泉川君だって仲良くなるまでは、何度も私との会話の中で顔を引きつらせていたし、今だって「冷たいな」なんて言うのだから。

本当、優馬さんは変わっている。でもそんな彼に救われている私もいる。現に話していたら自然と緊張も解けているのだから。

約二ヵ月ぶりの帰省。庭先の雑草は相変わらず生い茂っていて、母の状態が心配になる。

インターホンを押すが、なかなか物音が聞こえてこない。

「お義母様、大丈夫か？」

心配する優馬さんに言われ、鍵を取り出して開ける。するとリビングのほうから弱々しい声が聞こえてきた。

「いらっしゃい、愛実。……ごめんなさい、ね。なかなか一歩が出なくて」

母の病名を聞いてから調べたところ、それはパーキンソン病の症状のひとつ。半数の患者に出るという。

「大丈夫？　転んだりしていない？」

「えぇ」

優馬さんにスリッパを出して先に廊下を進んでいく。するとリビングの椅子に座って申し訳なさそうにする母がいた。

その背中は丸まっていて、この前会った時より一回り小さくなった気がする。

私の後を追って来た優馬さんを見て、母は立ち上がろうとしてよろけたものだから急いで駆け寄った。

「危ない！」

母の身体を支え、転倒を防ぐことができて胸を撫で下ろす。

「気をつけて。転んだら大変でしょ？」

つい強い口調で言ってしまったら、母は「ごめんね、ごめん」と謝罪の言葉を繰り返す。

違う、謝ってほしいんじゃない。ただ、気をつけてほしいだけ。だって転んで骨折でもしたら、大好きなこの家で生活することができなくなってしまう。

ご近所さんとも仲が良いのに、離れて暮らしたらつらいだけでしょ？

母を椅子にしっかり座らせると、優馬さんは母と視線を合わせるように私の隣で膝をついた。

「初めまして、今日はお時間を作ってくださり、ありがとうございました。愛実さんと結婚を前提にお付き合いさせていただいている風祭優馬と申します」

そう言って優馬さんは名刺を一枚母に差し出した。それを見て母は私と優馬さんを交互に見る。

「お母さん？」

「あ……よく、買っていて、驚いてしまって」

「ありがとうございます、嬉しいです」

相当びっくりしたようで、いまだに母は固まっている。

そういえば母には優馬さんの職業に関して詳しく説明していなかった。事前に伝えておけばよかった。

「あ……お茶……」

お茶を出そうとまた立ち上がろうとしたものだから、「私が淹れる」と言って止めた。

「……ごめんね、愛実」

だから謝ってほしいわけじゃないのに。娘なのだから、これくらいやらせてほしい。

「謝らないで」

立ち上がってキッチンへ向かい、まずはやかんでお湯を沸かす。ヘルパーさんが入っているから、キッチンは綺麗に片づいていた。

チラッと冷蔵庫の中も覗いてみると、作り置きのおかずがプラスチックの容器何個分かある。私に代わってこうして母のために動いてくれる制度があってありがたい。

茶葉を急須に入れたところで、優馬さんが母を安心させるためだろうか。私との馴《な》れ初《そ》めを説明し出した。それはこの前、私に話していた通りの筋書き。

「愛実さんとの出会いに運命を感じたのがはじまりですが、一緒に過ごすうちに彼女の真面目で優しいところや、意外と不器用でなかなか素直になれないところも愛おしくなりました。そんな愛実さんに今も毎日のように強く惹かれています」

「ふふ、愛実のことをわかっていただけて、すごく嬉しい、です。ありがとう……ございます。そう、なんです。愛実はなかなか素直になれない子で……」

母はともかく、まさか優馬さんにも私の性格を分析されていたことに驚きを隠せない。

「そこも含めて愛実さんの魅力だと思います」

お湯が沸き、急須に注ぎながら恥ずかしくなる。私も彼の実家にご挨拶に行った際は、同じように優馬さんのことを知った上で褒めることができるだろうか。できるようにもっと知る努力をしなくてはいけない。

「お話を聞けて、安心……しました。これで自分にいつ、なにがあっても大丈夫ですね」

聞き捨てならない言葉に、湯呑に注いだお茶をトレーにのせてリビングに戻った。

弱気なことを言う母に対して「なに言ってるの?」といつもの調子で言うより先に、優馬さんが口を開いた。

「そんなことを言わないでください。愛実さんが悲しみます。俺だってこれから長い付き合いになるのですから、お義母様にはぜひ長生きして愛実さんと一緒に親孝行させてください」

彼の話を聞き、途中で足が止まる。

私もずっと母に親孝行したいと思っていた。でもそれは私が勝手に思っていただけで、言葉にして伝えたことはない。

ううん、それだけじゃない。いつだって肝心なことは言えないでいる。それじゃなにひとつ伝わらないんだ。優馬さんのようにちゃんと言葉にして伝えないとだめだ。

再び歩を進め、リビングに入ってお茶をテーブルに置いた。

「ありがとう、愛実」

腰を下ろしてお礼を言う母を見つめた。

「優馬さんの言う通り、絶対に長生きして」

「えっ?」

驚く母に対して、照れくささを感じながら素直な思いを伝えていく。

「私……まだお母さんになにも返せていないから。親孝行くらいさせて」

そうだよ、苦労して育ててもらったのになにひとつ返せていない。

「昔からよく言っていたじゃない。私の結婚式では一緒にバージンロードを歩いて、孫が生まれたらめいっぱい甘やかすんだって。だからまだまだ元気でいてもらわないと困るから」

「愛実……」

次第に母の目が赤く染まっていくものだから、私まで目頭が熱くなる。

だめだ、これ以上話したら涙が零れそう。

鼻を啜《すす》って必死に涙をこらえていると、優馬さんが口を開いた。

「ではそのためにも、リハビリを始められたらどうですか？」

「えっ？」

彼の提案に、私と母は声をハモらせた。

「パーキンソン病の完治は難しいですが、適切なリハビリをおこなうことで症状を改善させることができるそうです。そう医師からも言われているのではないですか？」

「そうなの？　お母さん」

すぐさま確認すると、母は気まずそうに頷いた。

「実は、この前言われて……。ケアマネージャーさんにも、相談したほうがいいのかと、迷っていたの」

「それならやらないと。だってお母さん、これからも住み慣れたここで生活を続けたいでしょ？」

「……えぇ」

やっぱりそうだよね。友達も多いこの場所でずっと暮らしたいと思うはず。

「そうね……お友達が行っている病院がいいって、聞いた……から、そこに行ってみよう、かしら」

「うん、行ってみて」

前向きになった母にホッとする。リハビリをしたらどこまで良くなるのかわからないけれど、少しでも母が暮らしやすくなるなら頑張ってほしい。

それから三人で母が行こうと思っている病院やパーキンソン病について調べたり、母から優馬さんの話を聞かれたりと話が尽きず、和やかな時間を過ごした。

優馬さんは母と一緒に三人での昼食を考えてくれていたようで誘ってくれたが、母が「あまり調子が良くないから」と言って断った。

実際に話せば話すほど母の声は聞き取りにくくなってきて、トイレに行く際もなかなか足が出なくてまた転びそうになっていた。

疲労の色も見えたため、二時間ほどの滞在時間を経て私たちは実家を後にした。

「優馬さん、色々とありがとうございました」

少し歩いたところで感謝の思いを伝えると、優馬さんは「俺はなにもしていないよ」なんて謙遜する。

「愛実が勇気を出した結果だ。……ちゃんと自分の気持ちを言えたじゃないか」

それはきっと、優馬さんのおかげだ。彼が先に私の気持ちを伝えてくれて、きっかけを作ってくれたから。

「私ひとりで帰省していたら、いつものように冷たいことばかり言ってしまったと思います。優馬さんのおかげで素直になれたんです」

それだけじゃない、母にリハビリを勧めてくれて本当に頭が上がらないよ。

東京に戻ったらパーキンソン病にはどんなリハビリが有効的なのか調べようと考えていると、さっきまで隣を歩いていた彼の姿がないことに気づいた。

「優馬さん？」

足を止めて振り返ると、なぜか彼は手で顔を覆っていた。

「どうされたのですか？」

気分が悪くなったのかと心配になって駆け寄ったら、優馬さんは深いため息を漏らした。

「愛実さ、それ、わざと？」

「どういう意味でしょうか？」

なにを言っているのか理解できなくて聞き返すと、彼は指の隙間から恨めしそうに私を見つめた。

「あまりに可愛いことを言うから、キスしたくなる」

「……はい？」

思いもよらぬことを言い出したものだから、大きな声で反応してしまった。

「なにを言っているのですか？」

私がいつ可愛いことを言った？　それもキスをしたくなるほどの！

これは完全にからかわれている？　怒るべき？　だけど優馬さんは顔を覆っていた手を退けて、私の真意を探るように見つめてくるものだからなにも言えなくなる。

「その困った顔でさえずるいよな」

「本当になにを言っているのかわからないのですが」

「いいよ、今はまだわからなくても」

すると彼は私の手を優しく握って不敵な笑みを浮かべた。

「そのうち嫌っていうほどわからせるから」

「なにをですか？」

「それはあとのお楽しみだ」

なんて言って優馬さんは私の手を握ったまま歩き出した。

「優馬さん⁉」

「ふたりで歩く時は手を繋ぐって言っただろ？」

「そうですけど……」

やっぱり慣れなくて緊張する。それも彼があまりに無邪気に笑いながら言うからだ。

「まずはお腹《なか》を満たそうか」

どうやら彼は母と三人で行こうと思って、昔から地元にある料亭を予約してくれていたようだ。

案内されたのは個室で、しばらくして前菜が運ばれてきた。

「私、ここに入ったの初めてです」

「それはよかった。なかなか趣があっていい店だな」

「はい」

個室の雰囲気もよくて、六畳ほどの座敷には目を引く掛け軸や花瓶などが飾られていた。

どの料理も盛り付けは美しく、味も品があって美味しくて箸が進む中、シャッター音が聞こえた。顔を上げると優馬さんがスマホを私に向けていて、写真を撮られたのだとすぐに気づいた。

「待ってください、なにを勝手に撮っているんですか？」

「婚約者の実家へご挨拶をして、そのまま彼女とゆっくりランチっていうタイトルで投稿しようと思って」

「投稿ってSNSにですか？　私の写真を？」

ギョッとする私を見て、優馬さんは喉を鳴らした。

「大丈夫、もちろん顔はわからないようにするから。この前会った令嬢もだけど、意外と俺のSNSをチェックしているようでさ。投稿を見て諦めてくれたらいいんだけど」

「それならそうと先に言ってください。びっくりしたではないですか」

いきなり写真を撮られて、さらに投稿するなんて聞いたら誰だって驚くはずだ。

「悪かった。愛実がどんな反応をするのか見てみたくてさ」

「なにもおもしろいことはなかったと思うので、今後はやめてください」

きっぱりと言ったら、彼はまたクスクスと笑いながら「わかったよ」と言ってくれた。

投稿する前にしっかりと私の顔がわからないように加工した写真を見せてくれて、それからアップしていた。

その後も美味しい料理に舌鼓を打ち、デザートはわらび餅と緑茶が運ばれてきた。

「わらび餅、お母さんの大好物なんです。料理も全部美味しかったですし、こんなに素敵なお店が近くにあったのに、今まで来なかったのが勿体《もったい》ないくらいです」

母が元気なうちにいくらでも食事に連れて来ることもできたのに……。今の状態ではきっと難しいだろう。

わらび餅を食べながら後悔していると、優馬さんが優しい声色で言った。

「それなら今度はお義母さんも一緒に三人で来よう」

「えっ？」

「連れて来なかったことを後悔しているんだろ？　だったら今からでも後悔をなくしていけばいい」

後悔をなくす……。そう、だよね。後悔していたってどうしようもない。大切なのは、その後の行動だ。

「そうですね。今度、絶対にお母さんを連れて来て、このわらび餅を食べさせてあげたいと思います」

「あぁ、そうしたらいい」

彼のなんでも前向きに考えられるところ、すごく尊敬する。優馬さんと一緒にいたら気に病むことがあっても、すぐに気持ちを切り替えることができそう。

食事を終えて支払いをする際、自分の分は出そうと思ったのだが彼が事前に支払いを済ませてくれていて、ご馳走《ちそう》になってしまった。

それだけではない。明日の目的地の近くの旅館も予約をしてくれていて、宿泊代も決済済みだった。

最初はいくら一夜をともにしたとはいえ、ふたりっきりで一泊するなんて無理だと思っていたけれど、旅館の部屋は二つ取ってくれていた。

「いい眺め」

露天風呂に浸《つ》かりながら夕暮れの景色に目を奪われる。

料亭を出た後は、母がお世話になっているケアマネージャーの事業所や、訪問介護事業所の挨拶へも優馬さんは付き合ってくれた。

そこで母のリハビリについても彼が率先してケアマネージャーに相談して、家の近くに理学療法士がいる整形外科を紹介してくれた。

契約の関係なのに、どうして彼はこれほど力になってくれるのだろう。私も優馬さんと同じくらい彼の力になることができるか不安になる。

ゆっくりと浸かっていたから少し逆上《のぼ》せてしまい、慌てて出た。浴衣に着替えて髪の毛を乾かしても身体は熱いまま。

手で顔を扇《あお》ぎながら出ると、廊下の椅子に座って私を待つ優馬さんの姿があった。

すぐに声をかけようとしたが、彼の浴衣姿が妙に色っぽくて声が出なくなる。

少し髪が湿っているからだろうか。大人の男の色気が漂っていて、通り過ぎる女性たちもその色気に魅了されていた。

「ねぇ、あの人カッコよくない？」

「芸能人とかかな？　絶対彼女待ちだよね」

「あんなイケメンの彼女ってどんな人なんだろ」

私の近くで話す二人組の女性たちの反応に、ますます声をかけづらくなる。

どうしよう、先に部屋に戻って連絡すればいいかな。とてもじゃないが今ここで彼に話しかける勇気はない。幸いなことに優馬さんは私に気づいていない。だから踵《きびす》を返してその場を去ろうとした時。

「愛実！」

名前を呼ばれて肩が跳ねる。ゆっくり振り返れば、眩しい笑顔を向けて彼が駆け寄ってきた。

「温泉どうだった？」

「あ……すごくよかったです。お待たせしてしまい、すみませんでした」

先に戻ろうとしたことに対して後ろめたさを感じ、笑顔を取り繕う。

「いや、全然待っていないよ。……それに俺が先に出てきてよかった」

「えっ」

すると優馬さんは、私の頬に手を触れ、張り付いている髪をそっと取ってくれた。

「浴衣を着た愛らしい愛実を待たせたら、絶対男に声をかけられていただろ？」

「な……にを言って」

そんな心配をしたって無意味なのに、優馬さんは「愛実はもっと自信を持ったほうがいい」と言う。

「危機感を持ってもらわないと俺の心配が尽きない」

「そのような心配は無用ですよ？」

そもそも私たちは恋人関係にない。今は私たちを知る人は誰もいないのだから、仲の良い婚約者を演じる必要はないというのに、なぜ熱い瞳を私に向けるの？

「いいや、必要だ」

戸惑う私に力強い声で言い、彼は私の手を握って歩き出した。

さっき優馬さんの話をしていた女性二人組とすれ違う際には、「美男美女カップルでお似合い」「やっぱり彼女も美人だよね」という声が聞こえてきて頬が熱くなる。

私、優馬さんにちゃんと釣り合って見えているのだろうか。

そうなのだとしたら、なぜか嬉しく思う自分がいて戸惑う。

「夕食は俺の部屋に運んでもらうよう言ってあるから一緒に食べよう」

「……はい」

戸惑ったまま彼の部屋で夕食をともにしたのだが、優馬さんが次々と話題を振ってくれたおかげで自然と笑ってしまう自分がいた。

「どれも美味しい料理でした」

「明日の朝ごはんも楽しみだな」

「はい」

空いた食器などを下げてもらい、従業員の方が淹れてくれたお茶を飲みながら一息つく。お茶も飲み終わったし、そろそろ自分の部屋に戻るべきだよね。

しかしどのタイミングで席を立てばいいのかと様子を窺っていると、優馬さんが先に立ち上がった。

「部屋まで送る」

「え？　そんな、隣ですから大丈夫ですよ」

「いいから」

私のほうに回ってきた彼は、そっと手を差し伸べた。

「……ありがとうございます」

大きな手に触れると、私を立ち上がらせた彼は言葉通りに部屋の前まで送ってくれた。

「それじゃ、明日は七時半に俺の部屋に朝食を頼んだから来てくれ」

「わかりました」

もう話すことはないし、早く部屋に入るべきなのになぜか別れがたくて足が動かない。

「もしかして愛実は俺と同じ部屋がよかったか？」

「え？」

優馬さんは私の顔を覗き込んできた。彼の端整な顔が間近にあって息を呑む。

「俺は一緒に寝てもいいぞ？　ただし襲わない自信はないから、俺の部屋に来るなら覚悟してくれ」

彼の言っている意味が理解できて、すぐに首を横に振った。

「けっこうです！」

きっぱりと断ったら、優馬さんは「ククッ」と喉を鳴らした。

「それは残念」

からかわれたと気づき、顔が熱くなる私の頭を彼は優しく撫でる。それがくすぐったくて胸が熱くなってしまう。

「ちゃんと鍵をかけて寝ろよ」

「……わかってます」

心配して言ってくれているのに、可愛げのないことしか言えない自分が恨めしい。素直に「ありがとうございます」って言えばいいのに、恥ずかしさが勝ってしまう。

「おやすみ」

最後に彼はまた私の頭をひと撫でして、私が部屋のドアを閉めるまで手を振り続けてくれた。

鍵を閉め、深いため息をつきながらドアに額を押しつける。

「どうして心がこんなに忙しないの？」

思い返せば優馬さんに出会ってからというもの、常に彼の言動に私の心は振り回されている気がする。

あの日の夜の偶然の出会いがなければ、きっとこれほど深く関わることはなかった人。住む世界が違うし、いつか偽装の婚約関係を解消して他人になる人なのに……。

寝る準備をして布団に入っても、優馬さんのことばかり考えてしまってなかなか寝付けない。

誰かを好きになったことがなくて、恋をするとどんな気持ちになるのかわからないけれど、今ならなんとなく理解できる。

相手の何気ない一言にドキッとしたり、嬉しくなったり。些細《ささい》な一言に喜び、寂しくなり……。私が優馬さんに抱いている様々な感情になるのではないだろうか。

「ううん、好きになったらだめ」

言葉を口にして自分に強く言い聞かせる。

好きになったって叶うことがない恋心だ。あとでつらくなるのだから、まだはっきりと決まっていない気持ちに蓋をするべきだ。

固く瞼を閉じて、彼への気持ちを忘れるように眠りに就いた。


次の日、彼の部屋で朝ごはんを食べて向かった先は県内にあるスパリゾート。全天候型のドームプールだ。

宿泊場所も今日の予定も任せてくれと言われ、行き先は当日のお楽しみとされていたため、目的地に到着した時は驚いた。

「一度来てみたかったんだ。愛実は来たことある？」

「はい、小学生の時に一度だけ」

でも随分と昔だから記憶が曖昧だ。

旅館の宿泊費も出してもらってしまったから、せめてここの入場料は私が支払いたかったのに、彼はいっさい私にお金を使わせてくれなかった。

館内で水着をレンタルし、着替えて合流場所へと向かう。

プールなのだから水着に着替えるのは当然だけれど、なんとも恥ずかしい。ワンピースタイプの水着があって助かった。

歩を進めていくと、先に優馬さんは着替えを終えて待っていて、旅館のお風呂上がり同様に通り過ぎていく女性たちはみんな優馬さんを見ていく。

また声がかけづらい状況に苦笑いしてしまう。

普段から仕事中は副社長と行動をともにしているから注目されることには慣れているはずなのに、相手が優馬さんに代わっただけでどうしてこうも声をかけることを躊躇《ちゅうちょ》するのだろう。

だけどいつまでも待たせるわけにはいかず、勇気を出して近づいていく。すると気づいてくれた彼が笑顔を見せた。

「すみません、お待たせしました」

「いや、俺も今来たところだから大丈夫」

そう言うと優馬さんはジッと私を見つめる。無難な水着を選んだが、私には似合っていなかった？

そんな不安がよぎったが、優馬さんは顔を綻ばせた。

「その水着、すごく似合ってる」

ストレートに褒められて目を瞬かせながらも「ありがとうございます」と言うと、優馬さんは私の手を握った。

「浴衣もそうだったけど、あまりに似合いすぎて心配になるな。どうして愛実はなにを着てもそんなに可愛いんだ？」

それを言ったらこっちこそ聞きたい。どうしてこんな私を可愛いと言うの？　それになにを着ても似合うのは優馬さんのほうだ。自分のほうが多くの注目を集めているとわからないのだろうか。

「……それは優馬さんの目に異常があるからだと思います」

ついまた可愛げのないことを言ってしまったものの、優馬さんは「俺の目は正常だぞ？」と言って笑う。

「とにかく心配だから今日もこうやって手を繋いで、片時も愛実から離れないようにしよう」

本心じゃないとわかってはいるけれど、なんて返せばいいの？　言われたらどうしても意識してしまうよ。

ギュッと唇を噛みしめて彼を見れば、満足げに微笑んでいる。これはやはりからかわれているだけ？　優馬さんがなにを考えているのかわからない。

「よし、じゃあ一発目はあれいっとくか」

「あれですか？」

彼の言うあれとは、スライダーだった。ふたり用の浮き輪に乗って暗闇のチューブの中を滑り落ちるスリル満点のスピード感溢れるスライダーのようだ。

しかし私は昔から絶叫系のアトラクションが苦手で、あのスライダーもなかなかのスリル感があって心配になる。

だけどあまりに彼が楽しみにしているから、今さら怖いから乗れないかもしれないと言い出せず、あっという間に乗り場に着いてしまった。

とはいえ、プールの滑り台だ。それほどスピードは出ないだろうし大丈夫だよね。

それよりも前に私、後ろに彼が座ったのだが思いのほか身体が密着する。恐怖心よりも緊張感が勝る。

え、こんなに密着するものなの？　水着だから肌と肌が触れ合っていて心臓の動きが速くなる。

「それではしっかりと掴まってくださいね。いってらっしゃい」

スタッフに押され、浮き輪ごと私たちは勢いよく滑り落ちていく。

「きゃっ」

想像以上にスピードが出て悲鳴を上げてしまった。

「アハハッ！　速いな」

どうやら優馬さんはこのスリルを楽しんでいるようで、ずっと笑っている。一方の私はというと、ただただ怖くて浮き輪の手すりにぎゅっと掴まるばかり。

おまけに暗闇で前が見えないし、大きく浮き輪が揺れるたびに悲鳴を上げてしまう。

そしてやっと光が見えてきて勢いよく出口に出ると、水を頭から思いっきり被ってしまった。

放心状態でなかなか浮き輪から降りることができずにいると、先に優馬さんが降りて私を乗せたまま移動してくれた。

「大丈夫か？　愛実」

「あ……はい」

ハッとして降りたものの、足がすくむ私の身体を水中で彼が支えてくれた。

「すみません」

「もしかして苦手だった？」

心配そうに聞いてきた彼には申し訳ないけれど、こんな姿を見せられて「違う」と言っても信じられないだろう。

「実は絶叫系は苦手でして……」と正直に打ち明けたら、すぐに優馬さんは「ごめん」と謝ってきた。

「最初にちゃんと聞けばよかったな。本当に悪かった」

「いいえ、そんな。言わなかった私が悪いんです。それにスライダーは初体験だったので、いけるかもしれないと思いましたし」

「結果、いけなかったわけだ」

「……どうやら、そのようですね」

そんなにスピードが出ないだろうと甘く見ていた。

「そっか、愛実は絶叫系が苦手なのか。今度からは気をつけるよ」

「すみません」

プールから出る時も彼が手を貸してくれた。その際に見上げた彼は、私と同じように水を被ったから髪は水がしたたり落ちていて、ドキッとしてしまう。

ただ髪が濡《ぬ》れているだけなのに、どうしてこんなにもドキドキしてしまうのだろうか。

手を引かれて次に向かったのは流れるプールだった。

「ほら、これに乗って」

「私がですか？」

「他に誰がいるんだ？」

言われるがまま彼がレンタルしてきた浮き輪に乗ると、優馬さんも浮き輪に掴まる。流れるプールに入ったのは小学生以来だ。ただ流されているだけなのに、こんなに楽しかった？

ぷかぷかと浮かびながら流されていくのを楽しんでいると、優馬さんがまた写真を撮り出した。

「うん、いい写真が撮れた」

そう言って見せられたのは、浮き輪に乗っている私と優馬さんのツーショット写真。

「私、こんな間抜け面をしていたのですか？」

自分のあまりに腑《ふ》抜けた顔に目を疑う。すると優馬さんは「間抜けって……最高に可愛い顔だろ？」と言うものだから、「どこがですか！」と突っ込んでしまった。

「どこをどう見たって可愛いよ。いつも気を張っている愛実の顔がこんなに綻んでいるんだから」

「それを間抜け面というのではないですか？」

もう一度彼は私の写真を見せてきたが、どう見たって恥ずかしい顔だ。しかし優馬さんは「違うよ」と否定した。

「愛実に楽しんでほしくて連れて来たから、俺はすごく嬉しいよ」

「えっ？」

ここに来た理由って優馬さんが来たかったからではないの？　もしかして私のため？

「愛実の笑った顔が見たかったたし、なにより愛実と恋人同士がするようなデートをしたかったんだ」

「優馬さん……」

本当にどうして優馬さんは私の気持ちを揺るがすことばかり言うのだろうか。私と恋人同士がするようなデートをなぜしたかったのか、気になっちゃうじゃない。

そのくせいざ聞いてみて、深い意味なんてないとか、初めて会った日の夜に愛される幸せを教えてほしいとお願いしたからとか、そう理由を告げられたらがっかりしてしまいそうな自分に複雑な気持ちになる。

「だから今日はとことん楽しもう」

「えっ？　きゃっ」

いきなり優馬さんが浮き輪の紐《ひも》を引っ張って歩き出したものだから、悲鳴にも似た声が出てしまった。

「ちょっと優馬さん？」

「楽しいだろ？」

「楽しいですけど……」

注目を集めて恥ずかしいのほうが上回っている。でも浮き輪を引っ張る優馬さんが何度も振り返るたび、その私を見る目は優しくて、胸がトクンとなる。

それに引っ張られているのは私なのに、彼のほうが楽しそうで可笑しくなってしまった。

それからも優馬さんと波が出るプールや、観覧ショー、温泉プールなどめいっぱい満喫して過ごした。

「お土産買うのか？」

「はい、会社用に」

秘書課では旅行などに行くとみんなお土産を買ってくる慣習がある。大型連休のたびにみんな様々な場所に出かけているようで、いつももらってばかりだった。

だからいつものお返し用に福島県の銘菓と施設限定のお菓子を選んだところ、優馬さんが可愛いマスコットのぬいぐるみキーホルダーをふたつ持ってきた。

「これ、お揃いでつけないか？」

「お揃いですか？」

「あぁ。ＳＮＳにもアップするからつけてほしい。通勤バッグとかでいいから頼む」

そっか、あの女性に諦めてもらうためのアイテムってことなんだ。お揃いというワードに一瞬ドキッとした自分が情けない。

「わかりました。では自分の分は自分で買います」

ピンクと水色のぬいぐるみのうち、ピンクのほうを受け取ろうとしたけれど彼は渡してくれない。

「俺が買うに決まってるだろ？　それも一緒に支払うよ」

あろうことか会社用のお土産までも買おうとしているから、全力で拒否した。

「これでいいのかな？」

帰宅後、一休みした後に荷解《にほど》きをして優馬さんとお揃いで買ったぬいぐるみのキーホルダーを通勤バッグにつけてみた。たったひとつキーホルダーがついただけで一気に愛らしいバッグになる。

購入してすぐに彼は、お揃いで買ったキーホルダーの写真をＳＮＳにアップしていた。

「お揃いなんて、変な感じ」

誰ともお揃いでなにかを買ったことがないからだろうか、キーホルダーを見ていると自然と口もとが緩んでしまう。

優馬さんのおかげでこの二日間、有意義で楽しい時間を過ごすことができた。母のことも安心できたし、優馬さんが一緒にいてくれたから初めて素直な気持ちも伝えることができたと思う。

それにプールも楽しかったし、優馬さんのこともたくさん知ることができた。

さっきも自宅まで送ってくれて、「また食事に行こう。帰ったら連絡する」と言っていた通り、優馬さんは自宅に着いたとメッセージをくれた。お互い木曜日の夜が比較的仕事が早く終わるとわかり、会う約束をした。

スケジュール帳に木曜日の予定を書き込んだだけで、嬉しい気持ちでいっぱいになる。

「どうしたらいいんだろう」

優馬さんが本物の恋人のように優しく接してくるから、彼のことばかり考えてしまう。明日からはまた仕事なのだから気持ちを切り替えないと。

寝る前に明日のスケジュールを確認して早めにベッドに入った。

次の日、通常通りに出勤し、いつもは会議や用事がない限り、直接副社長室に行くため立ち寄らない秘書課の執務室にお土産を置きに来たところ、思わぬ場面に出くわしてしまった。

朝早い時間ということで誰もいないだろうとドアを開けたら、「きゃっ」と女性の小さな悲鳴が上がった。

びっくりしてオフィス内を見渡せば、大宮さんと泉川君の姿があった。

「え？　どうして泉川君がここに……？」

それに大宮さんもだ。彼女もまた会長付きの秘書のため、私のように特別な用事がない限り会長室へ直行していたはず。

いるはずのない人物に目を白黒させる。だけど気まずそうに「おはよう」と言う泉川君と、耳を赤くして俯《うつむ》く大宮さんを見てさすがの私も察した。

「失礼しました」

ここは一旦去ろうと踵を返したが、ふたりに全力で止められてしまった。

「ごめんなさい、まさかこの時間に如月さんが来るとは思わなくて……」

「悪かったな、如月」

どうやらふたりは毎朝、誰もいないオフィスでこうやって会っているそう。そこに間の悪い私が現れてしまったようだ。

「いいえ、こちらこそおふたりの貴重なお時間を邪魔してしまってすみませんでした」

申し訳なくて謝ると、大宮さんは頬を赤く染めた。

「お願い、如月さん。もう謝らないで。オフィスで逢《あ》い引《び》きみたいなことをしておいて、先輩としてすごく恥ずかしくなるから」

あらためて言葉で言われると、私まで顔が熱くなる。

「はい、わかりました」

気まずい空気が流れる中、泉川君が大きく咳払いをした。

「あー……如月が秘書課に朝来るなんて珍しいな。なにか用事があったんじゃないか？」

「そうなの」

お土産のことを思い出し、バッグの中から秘書課用と大宮さん、泉川君それぞれの分を取り出した。

「週末に帰省をしたので、買ってきたんです。よろしかったら秘書課の皆さんで召し上がってください。それとこれは大宮さんと泉川君に」

「え？　私に？」

「俺にも買ってきてくれたのか？　悪いな、ありがとう」

それぞれに手渡して、秘書課用のお土産は珈琲メーカーの隣にメモとともに置いた。

「帰省した時に地元の友達と遊びに行ったの？」

お土産を見ながら大宮さんに聞かれ、「……はい」と返事をしたら泉川君が「え、如月って友達がいたのか？」なんて失礼なことを言ってきた。

「ちょっと享也君！　なに言ってるの！」

すぐさま大宮さんが止めに入るが、泉川君はジッと私のバッグを見つめる。

「いや、如月に友達はいないはずだ。もしかしてお前、ついに男ができたのか？　それ、絶対相手とお揃いで買ったんだろ？」

そう言って泉川君が指差したのは、ぬいぐるみのキーホルダー。咄嗟にバッグを両手で抱えてしまう。

「やっぱり男だな。おい、どんなやつだ？　今度俺と静香さんが変なやつじゃないか、見極めてやる」

「享也君、いい加減にしなさい」

大宮さんに強い口調で言われ、泉川君はやっと口を結んだ。

「如月さん、享也君がごめんね。そろそろ準備を始めないと、副社長が出勤する時間になっちゃうんじゃない？」

「あ、そうですね。すみません、では失礼します」

「うん、またね」

手を振って送り出してくれた大宮さんの隣で、泉川君は「静香さんは気にならないのか？」とまだ言っていた。

きっと彼なりに心配してくれているのだろうけれど、優馬さんのことに関しては深く追及してほしくない。

でも今後、もしかしたら優馬さんと婚約したという噂が広まる可能性もある。

SNSにも顔は伏せているとはいえ投稿しているし、知られないとは断言できない。万が一に備えて、その時になったらふたりには事実を告げるべきか、よく考えておかないと。

急いで副社長室へと向かい、勤務に就いた。

それから木曜日までは忙しなくて、あっという間に過ぎていった。定時で上がれると思っていたが思いのほか業務が押してしまい、優馬さんとの待ち合わせ場所である都内のホテルのロビーに三十分遅れて着いた。

すでに彼は到着していて、真剣な表情でタブレットを操作している。様子を窺いながら近づいていくと、気づいた彼は立ち上がった。

「すみません、遅くなってしまって」

「お疲れ様。大丈夫、俺も仕事をしていたから」

向き合うかたちで座るよう促され、ソファ席に腰を下ろした。

「予約時間を一時間遅らせてもらったんだ。悪いが、あと少しここで待ってもらってもいいか？」

「もちろんです。もとはといえば、私が遅れたのがいけないのですから。本当にすみませんでした」

「いや、本当に気にしないでくれ」

彼はそう言うけれど、どうしても気にしてしまう。だって普通は怒るものじゃないの？　私が遅れたせいでレストランの予約時間も変更してくれたんでしょ？

迷惑ばかりかけているのに、母のことでは力になってくれて、会うたびにお金を使わせてしまっている。契約の関係なのに、私はなにひとつ返せていないことが申し訳なくなる。

「あの、優馬さんのご両親にはいつご挨拶に伺えばよろしいですか？」

「どうしたんだ、突然」

私も少しでも優馬さんの力になりたくて言ったところ、彼は戸惑い始めた。

「優馬さんは私の母に挨拶をしてくれたじゃないですか。今度は私の番ですよね？」

「それはそうだが……今はまだ大丈夫だ」

「でも、それじゃ私はなにも優馬さんの力になれていませんよ？」

これでは私が得をするばかりじゃない。

「いいや、十分力になってくれているよ。愛実と撮った写真をＳＮＳにアップしただろ？　それが思いのほか効果を発揮してさ。週明けから誰ひとり会社を訪ねてこなかったんだ。こんなこと、本社に異動してきて初めてだよ」

「そう、なんですね」

本社に異動してから毎週誰かしら訪ねてきたことに驚いたが、でもそっか、私でも彼の力になれていたんだ。

「愛実と再会した時に一緒にいた令嬢も音沙汰がないし、ＳＮＳを見て諦めてくれたのかもしれない。本当にありがとう」

「いいえ、そんな。私はなにもしていません」

ただ優馬さんと一緒に写真に写っただけだ。それなのに感謝されたら恐縮してしまうよ。

「しているさ。現にこうやって俺とデートしてくれているだろ？　これからも引き続き、末永くよろしく頼むよ」

「……？　はい」

末永くっていうのは、契約関係を終わりにするまでってことだよね？　含みのある言い方に小首を傾げながらも頷いたら、彼は「言ったからな？　絶対だぞ」と念を押してきた。

「え？　どういう意味ですか？　なにか深い意味があったのですか？」

「それは想像に任せる」

混乱させるようなことを言われ、頭の中にはハテナマークがいっぱい並ぶ。

「さっそく今日も写真を撮ろうか」

そう言うと彼は私の隣のソファ席に移動して顔を寄せる。彼がつけているマリンブルーの香りが鼻を掠めて、さらに胸の鼓動は速くなるばかり。

「近いですよ」

「近づかないと写真は撮れないだろ？」

「そうですけど……」

あまりに近くて、ドキドキしていることに気づかれそうで怖い。必死に胸の鼓動を静めながら写真撮影に応じていると、「優馬君じゃないか?」と彼を呼ぶ声が聞こえた。

すぐさま声のしたほうに目を向けると、そこには見覚えのある中年男性と、私と同い年くらいの可愛い女性がいた。

「やっぱり優馬君だ、奇遇だね」

優馬さんだと確信した男性は笑顔で近づいてきた。すると彼は立ち上がって私を隠すように前に立つ。

「本当に奇遇ですね、早瀬《はやせ》副社長。本日はお嬢様とお食事ですか?」

「あぁ、そうなんだ」

会話を聞いて思い出した。そうだ、彼は風祭フーズの早瀬副社長だ。式典などで顔を合わせたことがあり、何度か副社長とともに挨拶をさせてもらったことがある。

「仲がよろしくて羨ましいです。では私もプライベートで来ていますのでこの辺りで」

「一緒にいる女性はどなたなのかな? ぜひ紹介してほしい」

優馬さんがやんわりと断りの言葉を入れたというのに、早瀬副社長はあろうことか娘さんと向かい側のソファに腰を下ろした。

さすがにこうなっては挨拶しないわけにはいかないと思い、立ち上がった。

「早瀬副社長、ご無沙汰しております」

一礼して顔を上げた私を見て、早瀬副社長は思い出したようだ。

「キミはたしかサクラバ食品の……？」

「はい、副社長の秘書を務めております、如月です」

「そうだ、如月さんだ。何度かご挨拶いただいたのに忘れていてすまなかった」

「とんでもございません」

座るよう言われ、優馬さんとともに腰を下ろす。

「しかし驚いたな、まさか優馬君が如月さんと一緒とは……」

含みのある言い方をした早瀬副社長に対し、優馬さんは笑顔で言った。

「まだ正式には発表させていただいておりませんが、私にとって大切な女性なんです」

「大切な女性、ね」

「どういうこと？　優馬君！」

優馬さんの言葉に、早瀬副社長とずっと口を閉ざしたままの娘さんがそれぞれ反応した。

急に声を荒らげた娘さんに対し、早瀬副社長は「落ち着きなさい」と宥めた。しかし、娘さんは私に敵意ある目を向けてきた。

これはどう見ても優馬さんとなにかある。チラッと彼を盗み見ると、小さく息を吐いた。

「すまない、如月さん。紹介がまだだったね。娘の麻利絵《まりえ》だ。優馬君とは幼なじみでね、昔からいつも一緒に過ごしていたんだよ。あまりに仲が良いから社長ともよく、ゆくゆくはふたりを結婚させようかとも話していたんだ」

「えっ……結婚、ですか？」

びっくりして優馬さんを見ると、すぐに彼は口を開いた。

「早瀬副社長、それは昔の話ですよ。それに父も話の流れでそう言っただけだと言っていました。ですので不用意な発言はお控えください」

笑顔だけれど、牽制するような物言いに緊張がはしる。

「もちろんわかっているさ。本気にしないでくれ。……私はね、心配なだけだよ」

そう言うと早瀬副社長はチラッと私を見た。

「相手は同業界の、しかもライバル社の副社長秘書だ。ハニートラップにかかって、優馬君が我が社に大きな損失を与えないかと思ってね」

　早瀬副社長の考えはもっともだ。疑われても仕方がないだろう。でも本人を目の前にして言うことではない。いくら私が仕事柄、強い風当たりにも慣れているとはいえ、さすがにつらい。

　しかし相手は格上で、私はただ黙っていることしかできない。すると優馬さんが急に私の手を取った。

「ご心配いただきありがたいのですが、彼女は私の大切な女性だと今さっき紹介したのに、失礼ではないですか？　彼女に謝罪してください」

「なに？」

　さすがにこれには早瀬副社長は声を荒らげた。

「優馬君は私に謝罪しろと言ったのか？」

「はい、そうです。愛実を傷つけたのですから謝罪していただかなくては」

「なにを言って……っ」

　怒りで身体が震える早瀬副社長を見て、私は優馬さんの手を引いた。

「優馬さん、私なら大丈夫ですから。それに立場的に疑われて当然です。謝罪はいりません」

「ほら、優馬君。如月さんもそう言ってるじゃないか。そもそも私は優馬君のことを思って言ってあげたんだよ？　キミもそろそろ自分に見合った相手を見つける年頃だろう。火遊びはもう卒業したほうがいい」

「ですから彼女とは……っ」

「優馬さん！」

反論しようとした彼の名前を呼んで止めた。優馬さんは不服そうに私を見たが、小さく首を横に振る。

ここで争ってもいいことはない。それに相手は優馬さんの上司に当たる。社内での彼の立場が悪くなったら嫌だもの。

私の気持ちを理解してくれたのか、優馬さんは怒りを呑み込んで「失礼しました」と早瀬副社長に謝罪した。

「いや、私も大人げなかったね、すまなかった。そうだ、優馬君。ちょっといいかな」

そう言って早瀬副社長は立ち上がった。

「会社ではできない話をしたいんだ。麻利絵、私と優馬君は席を外すから如月さんの話し相手になって差し上げなさい」

突然そんなことを言い出した早瀬副社長に、優馬さんも立ち上がった。

「先ほどもお伝えしましたが今はプライベートです。仕事の話なら明日以降にお願いできませんか?」

「私もさっき会社ではできない話だと言っただろ? なに、ほんの十分ほどだ。それくらいならかまわないだろ?」

「しかし……」

優馬さんは私が気がかりのようで、心配そうに目を向ける。

「麻利絵さんにご一緒にお待ちいただけるとのことなので、大丈夫です。行ってきてください」

「ほら、如月さんもこう言っている。麻利絵、しっかりと如月さんのお相手をして差し上げなさい」

「ええ、もちろん」

すると優馬さんは「すぐに戻る」と言って、早瀬副社長と席から離れていった。

麻利絵さんとふたりっきりになり、気まずい空気が流れる。彼女のことは何度かパーティーなどで見かけたことはあるが、話をするのは今日が初めてだ。

そうなるとまずは自己紹介をするべきだろうかと頭を悩ませていると、麻利絵さんは足を組んで私を見定める目で見つめてきた。

「ＳＮＳを見た時は、女除《おんなよ》けのための偽装だと思ったけど、まさか本当に相手がいたなんて……。しかも大企業の娘とかじゃなくて、ライバル社の秘書で一般人とか信じられない」

軽蔑する目を向けられ、戸惑う。でも彼の婚約者役を引き受けた以上、ここで怯むわけにはいかないと奮い立たせた。

「ねぇ、あなたは自分の立場をわかっている？」

「立場と言いますと？」

「優馬君は風祭フーズの御曹司なの。そんな彼があなたと結婚なんてなったら、苦労するのは優馬君なのよ。あなただって心ないことを言われて傷つく」

それは十分に理解している。でも私は仮の婚約者であって、彼と結婚する未来はこない。

「それに優馬君って海外支社にいた時から、ひと晩限りの関係を持つばかりで長続きした恋人はいなかったらしいの。彼だって結婚はビジネスだって思っているからよ、きっと」

結婚はビジネス……。その言葉が妙に納得できた。ビジネスだと思っているから私に仮の婚約者役を引き受けてくれとお願いできたのだろう。

そもそも結婚とは、愛し合う者同士がするもの。だけど優馬さんの認識では、結婚に愛は必要ないと思っているんだ。

過去の経験だってそう。私とは違う。あんなにカッコいい人だもの。これまでに関係を持った女性は多いはず。

「さっきは昔の話だって言っていたけど、私と優馬君の結婚話が出ているのは本当よ。だって私以上に彼に見合う女性はいないでしょ？　だから早く優馬君のことは諦めて」

早瀬副社長の話からも、もしかしたら優馬さんは知らないだけで風祭社長との間でふたりの結婚話が進んでいるのかもしれない。

いくら優馬さんが望んでいないとはいえ、父親に言われたら断れないのでは？　それも会社にとってもいい話だ。断る理由がない。

そうしたら、かりそめの婚約者である私はいらなくなる。当然の流れなのに、なぜこんなにもショックで悲しい気持ちでいっぱいなのだろうか。それと同時になぜか醜い感情も膨らんでいく。

生まれた立場が違うだけで、優馬さんと結婚できる麻利絵さんが羨ましい。もし本当に彼が彼女と結婚となったら、私は心から祝福できるのだろうかと考えようとしてみる。とてもじゃないけれど無理だ。

だめだ、私……相当優馬さんに惹かれている。

自覚したら自分の感情をうまくコントロールできなくなり、急いで立ち上がった。

「申し訳ありません、失礼してもよろしいでしょうか？」

突然立ち上がった私に麻利絵さんは驚きつつも、話を聞いてにっこり微笑んだ。

「もちろん。私の話をすぐに理解してくれて助かったわ。優馬君には私から如月さんは体調が悪くなって帰ったって伝えておくね」

「ありがとうございます。では失礼します」

一刻も早くこの場を去りたくて、大きく一礼して逃げるように駆け出した。

まだ出会って間もないし、会ったのはほんの数回だ。それなのに、なぜこんなにも強く惹かれてしまったの？

その理由は明白だ。初めてを捧げた相手だからじゃない。彼の人となりを知って惹かれたんだ。

優馬さんの仕事に真摯に取り組む姿勢も、私の仕事に対する思いを理解してくれたところも、人をからかう意地悪な一面もありながら、優しさに溢れている人柄も。

好きになった理由はたくさんある。

でもこの感情は彼と契約関係を続けていく上で邪魔になるものだ。だから本当に消さなくてはいけないのに、大きく成長していくから困る。

ホテルを出て大通りに向かい、タクシーを停めようと思ってもなかなか通りかからない。

このままタクシーに乗れなかったら、早瀬副社長と話を終えた彼が捜しに来る可能性がある。今はとにかく彼と顔を合わせたくなくて、少し離れているけれど最寄り駅へと向かった。

しかし三百メートルほど進んだところで、いきなり後ろから腕を掴まれた。

「よかった、見つかって」

「優馬さん……」

私の腕を掴んだのは息の上がった優馬さんだった。

「麻利絵から体調が悪いって聞いたけど、大丈夫なのか?」

心配する優馬さんの口から出た彼女の「麻利絵」という呼び名に、胸がズキッと痛む。

やだな、私。呼び方だけでこんなにも過剰に反応してしまうなんて……。幼なじみなんだから呼び捨てでもおかしくないのに。

「遅れてきたのにキャンセルしてしまい、申し訳ありません。ですが私ならひとりでも大丈夫ですから、優馬さんは早く戻ってください」

このまま彼と一緒にいたら泣きそう。早く離れたくて腕を振りほどこうとしたけれど、それは叶わなかった。

「戻るわけがないだろ？　本当に悪かった。早瀬副社長とは約束をしていたわけじゃないから、もう気にしないでくれ。体調が悪いなら送っていく」

「そんなっ……！　本当に大丈夫ですから」

頑《かたく》なに拒否する私を見て、優馬さんは「もしかして麻利絵になにか言われたのか？」と聞いてきた。

「いいえ、なにも」

すぐに否定したけれど、優馬さんの顔を見られなくなっていく。

「その様子だと、なにか言われたんだろ？　すまなかった、ひとりにして」

「本当になにも言われていないですから。だから早く麻利絵さんのところに戻ってください」

一刻も早く優馬さんから離れたくてたまらない。

「それはできない」

優馬さんは私の腕を離すと両肩に手を乗せた。

「愛実」

力強い声で言われ、ビクッと身体が反応する。

「愛実、俺の目を見て」

見たくないのにまるで魔法にかかったように顔を上げ、彼と目を合わせてしまう。

優馬さんは探るような目を私に向けていて、どうしたらいいのかわからなくなる。

「なぁ……もしかして俺、自惚《うぬぼ》れてもいいのか？」

「えっ？」

彼の言っている意味がわからなくて聞き返すと、真剣な面持ちで続けた。

「さっき、麻利絵のところに戻れって言っただろ？　なぜなんだ？」

「それは……」

やだ、私ってば無意識でそんなことを言ったの？

どう言い訳すればいいのか迷い、言葉が出てこない。

「それは愛実が俺と麻利絵の関係を誤解して、嫉妬したと自惚れてもいいのか？」

「ちがっ……」

ううん、間違ってない。彼の言う通りだ。勝手にふたりの仲に嫉妬して、逃げようとしたんだ。

自覚すればするほど恥ずかしくなって、顔が熱くなる。だけど彼から目を逸らすことができなくてどうしようもない。

すると優馬さんは苦しげに顔を歪《ゆが》めた。

「そんな顔、反則。嬉しくて我慢できなくなる」

「え――」

次の瞬間、視界いっぱいに優馬さんの端整な顔が広がる。周りからは歓声が上がったが、気にする余裕など私にはなかった。

彼は触れるだけのキスをすると、ゆっくりと唇を離す。しかし少しでも動けば再び唇が触れそうな距離で優馬さんは掠れた声で囁いた。

「嫌だったら拒んで」

拒む？　優馬さんを？

ジッと私の気持ちを確かめるように見つめられ、胸が苦しくて仕方がないのに拒む術など私にある？

「愛実……」

愛おしそうに名前を呼ばれ、彼もまた私と同じ気持ちなのでは？と勘違いしそうになる。そんなわけない。だって私たちは契約の関係でしょ？　それなのになぜ彼は私にキスを？

その答えを知りたいのに聞く機会を彼は与えてくれなかった。

「んっ」

拒まなかったのはオッケーのサインだと認識した彼は、再び私の唇を塞いだ。

背中と腰に腕を回され、引き寄せられると甘い口づけも深さを増していく。

ここは歩道の真ん中で、周囲には多くの通行人がいる。さっきから周りは騒がしいのに、それさえも気にならないほど彼のキスが嬉しくてたまらない。

戸惑いながらも彼の背中に腕を回すと、さらに深い口づけに変わる。

なぜだろう、優馬さんとキスするのは初めてではないのに、幸せで満たされて泣きそうになる。

幸せなのに泣きたくなるなんて、どうして？

次第にその答えを考える余裕もなくなるほど、彼との甘いキスに溺れていった。

後には引けない状況に囲い込む　優馬ＳＩＤＥ

恋に溺れるということが、どういう意味なのか理解できずにいた。誰かを好きになったとしても、その相手のことを常に考え、仕事が手につかないといった状況に陥ることはないと思っていた。

だけどそれはまだ、俺が愛実に出会う前のこと。

帰宅してからも持ち帰った仕事を片づけている最中、ふと手が止まって思い出すのは三日前のこと。

まさかあのタイミングで早瀬副社長に会うとは思わなかった。

父と早瀬副社長は同い年で、大学時代からの旧友だそう。それぞれ家庭を持ってからも交流が続いていて、今も両親同士の仲は良い。

だから幼い頃はよく麻利絵の遊び相手になっていた。麻利絵は幼なじみというよりは、妹のような存在だ。

お互い兄妹はおらず、会えば一緒に遊ぶ仲でそれ以上の感情を持ったことはなかった。しかし幼い俺たちが遊ぶ姿を微笑ましく思ったのだろう。

とくに母たちが俺と麻利絵が将来結婚したらいいと望むようになった。

成長するにつれて麻利絵とは会っても話す程度の関係になった。だが、麻利絵に好意を寄せられていることに気づき、自然と俺は彼女を避けるようになっていったんだ。海外支社に行っている間はずっと会わずにいた。だからさすがに俺のことなど忘れていると思っていたのに、そうではなかったようだ。

それは早瀬副社長もだった。俺が本社に戻るなり、父を通して麻利絵との縁談話を持ちかけてきたらしい。

両親は相手が幼なじみの麻利絵なら……と乗り気だったが、もちろん俺は断った。

そして俺の結婚に対する思いを伝えたところ、母が自立している令嬢を見つけると張り切ったわけだが。

父からも早瀬副社長に、俺に麻利絵と結婚する意思はないと伝えると言っていたから、聞いているはずだ。それなのに、なぜまだあんなことを言ったのか……。それも最悪なタイミングで。

早瀬副社長が、あれほど愛実に敵意を持ってひどい言葉をかけるとは思わなかった。

愛実は俺のことを気遣い、感情を抑えきれなくなった俺を止めてくれた。あれほど守ってみせると思っていたのに、結果、彼女を傷つけてしまった。

「早く認められないといけないな」

仕事で成果を残して重役たちを納得させ、後継者として認めてもらいたい。そうしなければ、いざという時に大切な存在を守ることもできない。

改めて決意するとともに、愛実とのやり取りも思い出す。

早瀬副社長との話を終えて戻ったところ、愛実の姿がなくて焦りを覚えた。麻利絵から愛実は体調が悪くなって帰ったと聞いたが、信じられずすぐに追いかけたところ、思いもよらぬ彼女の姿を見ることになる。

一方的に麻利絵のもとへ戻れと言う愛実は、まるで嫉妬しているようだった。それが信じられなくて問いかけたところ、顔を真っ赤にさせたものだから理性など吹き飛んだ。

ただ嬉しくて、もっと彼女を感じたいと思った。それに応えるように愛実が俺の背中に腕を回した瞬間、どれほど驚き、歓喜したか。

公衆の面前ということも忘れて、キスを止めることができなくなった。しかし、さすがにそれ以上はだめだと心にブレーキをかけ、どうにか彼女を自宅まで送り届けた。

スマホを手に取って、この三日間での愛実とのメッセージ上のやり取りに目を通す。

キスのことについては触れてこなかったが、やり取りは毎日続いている。

当たり障りのないやり取りで、俺から連絡する一方だがこれまでよりも返信スピードは速く、頻度も上がった。

愛実も俺に少なからず好意を寄せてくれていると、自惚れてもいいのだろうか。

次に愛実の写真を見返していたら、メッセージが届いた。それは愛実からで、今仕事が終わったことと、遅くまでかかった打ち合わせの結果、来週よりしばらく福島と東京を行き来することになりそうだということだった。

とはいえ、行き来するだけで福島に長期滞在するわけではないから、週に一度は会えるだろうと思っていた。

しかし少しして、サクラバ食品から地方創生に結びつきのある大きなプロジェクトが開始されたというリリース情報が出された。桜葉がしばらくの間常駐することになったそうで、愛実も数ヵ月間は福島に滞在することになったと連絡が届いた。プロジェクトは業界の内外で一気に注目を集めている。そのため、愛実も桜葉もしばらくは忙しいだろう。

率直に寂しく思ったが、仕事なら仕方がない。それに会いたいと思ったらすぐに会いに行ける距離だ。愛実に負けないように俺も今まで以上に仕事に精を出した。

そして愛実が福島に行って三週間が過ぎ、そろそろ梅雨が明ける頃。彼女から【副社長がとある理由で多忙を極めており、体調を崩されないか心配です。なんと言えば休んでいただけるでしょうか？】と相談のメッセージが届いた。

桜葉なら体調も完璧に管理していそうだが、愛実が言うのだからよほどなのだろう。それにしても〝とある理由〟とはいったいなんだろうか。

とにかく愛実に【休めと言っても休まないのか？】と聞くと、すぐに返信がきて【大丈夫だの一点張りです】とのことだった。

あの桜葉が無理する理由はなんだろう。今度会ったら聞いてみようと思い、【俺からも様子を見て言ってみるよ】と送った。

それと愛実は無理していないかを聞いたところ、【私は元気です】と返ってきて頬が緩む。

愛実はあまり自分からは多くを語らない。だからいつも俺から質問をして話を広げている。

今日も続けて福島にいるなら、母親に会いに行ったのかと聞いてみたところ、一度だけ行ったと言う。

しかしふたりっきりだとうまく話せなくて、母親があまりに愛実のことを気遣うものだからついきつく返してしまい、すぐに帰ってきてしまったそう。

それ以降はなんとなく気まずさを感じ、行けていないようだ。

きっと愛実は素直になれないだけで母親との仲を深めたいと思っているはず。ただ、一歩踏み出す勇気がなかなか出ないだけなんだ。

だからせっかく福島にいるのだし、この機会に母親との仲を深めたらどうかと提案してみた。

すぐ会いに行ける距離にいるのだ。無理に話を広げることなく、顔を見せに行くだけでもいい。それか病院に通い始めたと聞いたから先生へ挨拶がてら、リハビリの様子を見学してきたらどうかと伝えた。

すると愛実は前向きに捉えてくれて、今度の休みに会いに行ってみると言っていた。

「愛実が素直になれたらいいな」

初めて会った日、愛実は母親との関係のことも言っていた。だけどきっと少しの勇気を出せばふたりの関係は大きく変わるだろう。

お互いがお互いのことを大切に思っているのが、この前会った時に伝わってきたから。ただ言葉足らずなだけだ。

そんなことを考えていると、タイミングよく桜葉から電話がかかってきた。桜葉が電話をかけてくるのは非常に稀だった。もしかして愛実が言っていたことと関係があるのかもしれない。

少し緊張して通話に出たところ、もし明日の夜、予定がなにもなければ飲みに行こうという誘いだった。

もちろんふたつ返事で了承し、愛実と初めて出会ったバーで飲むことになった。


次の日の夜。待ち合わせ時間は十九時頃。桜葉は午後からの会議に出席するため東京に戻ってきたそう。

十九時五分前に着いたところ、桜葉はすでに来ていてカウンター席で先にひとりで一杯飲んでいた。

「たった五分さえ待てなかったのか？」

チクリと嫌味を言いながら隣に座り、バーテンダーに焼酎のロックをオーダーした。

「悪いな、急に誘ったりして」

「いや、それはかまわないけど、お前から誘ってくるなんて珍しいな」

バーテンダーからグラスを受け取り、桜葉と乾杯をして一口飲んだ。様子を窺うと、桜葉は手にしていたグラスを握る力を強めた。

「風祭に相談したいことがあってさ」

「相談？　お前が俺に？」

なんでもそつなくこなす桜葉が俺に相談したいことってなんだ？　もしかして仕事に関してだろうか。

桜葉から飲みに誘われた際、愛実から話を聞いていたため、ある程度予想を立ててきた。

実は以前俺が海外支社で勤務中に、サクラバ食品では桜葉が中心となって海外へと初めて商品展開をすることになった。そこで相談をされ、風祭フーズと共同で商品開発をしようかという話が持ち上がった。

しかし、商品の原材料である食材の生産地がハリケーンの被害に遭い、仕入れが難しくなってしまったため、プロジェクトは中止するしかなかった。

それでいつかまた機会をみて共同で商品を開発できたらと話していたため、その話だろうか。

もし違った場合、桜葉の悩みに俺が答えられるだろうか。

とにかく桜葉の話を聞こうと思って耳を傾ける。すると桜葉はおもむろにスマホを手に取って画面をタップすると俺に見せてきた。画面には五歳くらいの男の子と可愛らしい女性が写っていた。

「え？　ちょっと待ってくれ。まさかこの子どもは……？」

仕事の相談だとばかり思っていたから驚きを隠せない。それに桜葉には浮いた話がひとつもなかった。それがまさかの隠し子？と思った時。

「待て、先に言っておくが俺の子どもじゃないからな」

俺が考えていたことがわかったようで、先に釘をさしてきた。

「じゃあ誰の子どもなんだ？　それにこの女性は桜葉とどういう関係？」

桜葉は少しだけ悲しげに瞳を揺らした。

「この子どもは亡くなった兄さんの息子だ」

そこから桜葉は福島に行って一ヵ月間の出来事を俺に話してくれた。ずっと捜していた兄の奥さんも他界されていて、その妹がひとりで甥《おい》っ子を育てていたということ。

今まで叔父としてなにもできなかった分、彼女とともに五歳になる翼《つばさ》君の成長を見守っていきたいことも。

ふたりが福島に住んでいるということで、プロジェクト中はふたりが生活しているアパートの隣の部屋を借りて、保育園などの送迎もしていると聞いた時は耳を疑った。

それだけじゃない、翼君の叔母である汐里《しおり》さんの話をする桜葉の表情は柔らかく、ふたりが写る写真を見る目は優しいのに驚く。

「なぁ……桜葉さ、汐里さんに惚れているのか？」

これまでひとりで翼君を育ててくれたことを申し訳なく思っているとはいえ、職場の送迎から買い物へも付き合い、週末に帰京する際は一緒に実家に来て過ごしているんだろ？

いくら甥っ子のためとはいえ、なんとも思っていない相手にそこまでできるものなのか？

そう思って聞いたところ、あからさまに桜葉は動揺し始めた。

「風祭の目にはそう見えるのか？」

「お前の顔がそう物語っているよ」

「そう、なのか……」

まったくの無自覚だったようで、桜葉は衝撃を受けている様子。桜葉とは長い付き合いになるが、こんな姿を見るのは初めてだ。

「むしろ気づかないほうがびっくりだ。甥っ子の面倒を見てくれていたとはいえ、隣の部屋に引っ越し、職場まで送迎しているんだろ？　いつものお前だったら仕事に支障をきたすことを進んでするのか？」

仕事を最優先にしてきた桜葉がそこまでするんだ。それがなによりの証拠だろ。

「そうかもしれないな。……今までの俺だったら信じがたい行動だ」

どうやら自分でも納得したようだ。

「相談したいことってこのことだったのか？」

まさか相談内容が、恋愛に関してとは夢にも思わなかったから最初は耳を疑ったものの、今の桜葉を見たら汐里さんに対する想いが本物だと伝わってくる。

「……あぁ。最初はただ汐里さんの力になりたいだけだったんだ。それが今はもっと彼女のことを知りたい、一緒にいたいって思うようになって。こんな気持ち、初めてでどうしたらいいかわからなくてさ。風祭なら恋愛経験豊富だろ？」

「まぁ、一応は」

とはいえ、どの相手とも長続きはしなかったが。でも今は違う。愛実に対する想いは本物だと自信を持って言える。だから桜葉の気持ちに共感できるのだろう。

「風祭に話せば、自分の気持ちの正体がわかると思ったんだ。……そうか、やはり俺は汐里さんのことを……」

自分で言っておいて耳まで赤くさせる桜葉の姿が信じられなくて、目を白黒させてしまう。

これは愛実が桜葉のことを心配する理由に納得がいった。仕事第一人間が、いくら甥っ子のためとはいえ、その面倒を見てくれている叔母のために尽くしているのだから。

「その様子じゃ仕事も手につかないんじゃないか？」

「いや、さすがに仕事中は切り替えているさ。……多少は手が止まることもあるが」

「だろうな。ますます愛実が心配する姿が想像できるよ」

ついポロッと愛実のことを漏らしてしまった。すると即座に桜葉は反応し、「愛実って……まさか如月のことか？」と言って詰め寄ってきた。

「おい、いったいどういうことだ？　なぜ風祭が俺の秘書のことを呼び捨てにしているんだ？　この前帰国した際に会ったのが初めてだったはずだよな？」

「いや、それはだな。話すと長くなるんだ」

そこで俺は愛実と打ち合わせしていた通り、偶然に出会って再会し、そこから真剣交際が始まった経緯を説明した。

「結婚を前提に付き合っているし、今後、機会を見て愛実のことを婚約者として紹介するつもりだ。俺は本気だからそんな目くじらを立てるなよ」

「立てずにいられるか。如月は父さんから任された大事な秘書なんだ。……本気なんだよな？」

真剣な面持ちで聞いてきた桜葉に対し、俺は深く頷いた。

「もちろんだ。生涯をかけて大切にしたいと思っている」

愛実以上に惹かれる女性に会ったことはないし、この先も会えると思えない。きっと彼女は俺にとって運命の人だとさえ思うほどに。

たとえ今はまだ俺の片想いだとしても、必ず振り向かせてみせるさ。

俺の真剣な気持ちが伝わったのか、桜葉は表情を緩めた。

「それを聞いて安心したよ。婚約を発表してないということは、それなりの事情もあるんだろう。如月から報告を受けるまで俺は聞かなかったことにする」

「そうしてくれると助かる」

今は徐々にSNSを使って愛実の存在を周りに認識させ、大々的に婚約者として紹介して、俺と結婚しなければいけない状況に追い込もうと考えている。

もちろんその過程で彼女に好きになってもらうことが第一だ。

「そうだ、来週に風祭フーズで新商品発表会があるだろ？　今回は社長に代わって俺と如月が参加することになったんだ」

「そうなのか、じゃあその時に久しぶりに愛実に会えるな」

会うのは約一ヵ月ぶりだ。それもキスを交わした日以来。会うのが楽しみでもあるが、愛実の反応が怖くもある。

メッセージ上では変わらずやり取りを続けてくれているが、会ったらどうなるかわからない。まさか避けられたりはしないよな？

「いいな、お前は嬉しそうで。俺としては翼君と汐里さんと過ごす時間が減って迷惑な話だ」

「迷惑って……仕事だろう。それを言うならお前だって仕事を理由に福島にまで住んでいるじゃないか」

「両親の指示だったからな。そのおかげでふたりと過ごす時間が増えてよかったが」

そこからアルコールも入ったからか、お互い好きな人のいいところの話で盛り上がっていく。

「汐里さんは本当に芯が強くて優しく、仕事にも誇りを持って取り組む素晴らしい女性なんだ」

「それを言ったら愛実だろう。仕事に対する姿勢は尊敬に値する。なんでもそつなくこなしているようで、実は不器用で素直になれない可愛いところがある」

「汐里さんも可愛いぞ」

「いいや、愛実の可愛さにはかなわないだろ」

双方引かずにいがみ合う状況にお互い可笑しくなり、どちらからともなく笑ってしまった。

「まさか俺と桜葉がこんな話をする日がくるとは」

「あぁ、本当に信じられない」

「お互いうまくいくといいな」

「そうだな。その時は友人代表でスピーチでもしようじゃないか」

「いいな、それ」

俺も桜葉も愛する人と幸せになれる未来がきたらどんなにいいことか。

「なにかあったら協力し合おう」

「その時はよろしく頼むよ」

その後も好きな人自慢で盛り上がり、楽しいひと時を過ごした。


桜葉と飲みに行った次の日の夜、愛実からメッセージが届いた。今日は恐らく二日酔いもあると思うが、桜葉はやはり朝から疲れている様子だったらしい。

それで心配になっていたのだが、桜葉がジッとスマホの画面を見つめていたらしく、気になって声をかけたところ、翼君と汐里さんの写真を見せてくれたそうだ。

そしてふたりの写真を見たら、士気が上がる。ふたりの存在が桜葉の活力だと言われたらしい。

それを聞いて愛実は桜葉の気持ちを察したようで、なぜかひどく後悔していた。

理由を聞いたところ、偶然にも少し前に汐里さんと会う機会があったらしく、汐里さんもまた桜葉目当てに近づいてきた女性だと勘違いして、だいぶきついことを言ってしまったという。

身分違いで苦しむのは結局は汐里さんだ。だからつい、ひどいことを言ってしまったと。

それに恐らく汐里さんも、周りと同じように愛実が桜葉に好意を寄せていると勘違いしたかもしれないとも言っていた。

汐里さんに苦しい恋をして、つらい思いをしてほしくないという愛実なりの優しさなのだろう。それなら今度会う機会があったら、汐里さんを安心させるために俺という結婚を前提に付き合っている恋人がいると伝えたらいいと助言した。

そして最後に来週の新商品発表会で会えるのを楽しみにしていると送ったら、【はい】とだけ返ってきた。

欲を言えば【私も】と返してほしかったが、愛実の気持ちはそこまで俺に向いていないということだろう。

思い返せば、この前のキスだって半ば無理やりだった気がする。俺の恋は前途多難なのかもしれない。

とにかく来週久しぶりに愛実に会える日を楽しみに、仕事に打ち込んでいった。


そして迎えた新商品発表会当日。開場時刻は十七時だが、十五時には会場に入れることになっている。

会社から直接会場に向かい、到着したのは十五時半過ぎ。世界的にも有名なホテルの大広間には、すでに多くの取引先や関係者が来場していた。

秘書とともに挨拶に回りながら名刺を交換していく。そして三十分が過ぎた頃、社長である父が会場に到着したと知らせを聞いた。

話をしていた関係者に断りを入れて、父のもとへと向かう。一度会場を出てロビーに降りると、ちょうど父と会うことができた。

「早いな、優馬。もう来ていたのか」

「お疲れ様です。はい、多くの方と挨拶をしたかったので」

「いい心構えだ」

褒める父の隣には、早瀬副社長となぜか麻利絵の姿もあった。

「偶然に玄関で会ったんだ。会社ではなかなか顔を合わせないから久しぶりだね、優馬君。一ヵ月ぶりくらいかな？」

「そうですね、ご無沙汰しております」

すると早瀬副社長は父と顔を見合わせる。

「優馬、これから私は副社長と挨拶に回らないといけない。その間、麻利絵ちゃんと一緒にいてあげなさい」

「え？　しかし俺も挨拶を……」

「早く会場入りして大方挨拶は済ませただろう？」

俺の言葉を遮って父が言うと、早瀬副社長も続けた。

「すまないね、優馬君。よろしく頼むよ」

「せっかくの機会だ。昔のように麻利絵ちゃんと楽しい時間を過ごしたらいい」

父はなにを言っているんだ？　俺の気持ちはちゃんと伝えたはずだ。

すると早瀬副社長は意味ありげに笑って、父とともに颯爽と去っていった。

「優馬君、行きましょう」

「あ、おい」

　すると麻利絵は、俺の腕に自分の腕を絡ませて歩き出す。

「お父様とおじさまがね、優馬君と仲良くしなさいって」

「どういうことだ？」

「それはもちろん、私たちふたりの仲が深まるのを願っているってことでしょ？」

　いったい父はなにを考えている？　なぜ今になって麻利絵との縁談を進めようとしているんだ？　とにかく一度、父と話をしなければいけない。

　どうにかして麻利絵の腕を振りほどきたいところだが、廊下にも多くの人目があってそれが叶わない。しかしこのまま腕を組んで会場に入ったりしたら、愛実に目撃されて誤解されかねない。まだ愛実と桜葉が来ていなければいいのだが。

　会場に入るまで何度も麻利絵に言ったが、腕を離してはくれなかった。

「ねぇ、優馬君。まずは私の友達に優馬君のことを紹介してもいい？　あ、もちろんまだ、ただの幼なじみってことにしておくからね」

　会場に入るなりそんなことを言い出した麻利絵に我慢も限界に達し、強く腕を振りほどいた。

「悪いが断る。父さんに麻利絵と一緒にいてほしいとは頼まれたが、友達の紹介に付き合ってほしいとは言われていないからな。それに友達がいるなら俺が一緒じゃなくてもいいだろ?」

「そんなっ……!」

しかしすぐさま麻利絵は再び俺の腕を掴んできた。これには少しばかり注目を集めてしまい、さすがにもう一度腕を振りほどくことができなくなる。

それを察したのか、麻利絵は笑顔で「一緒に友達のところに行こう」と言い出した。

「お疲れ、風祭」

まるで救いの手を差し伸べるように俺に声をかけてきたのは、桜葉だった。愛実も一緒だと思って、誤解されかねない状況に一瞬ヒヤッとしたけれど、彼女の姿はなく安堵する。

「ちょっといいか? 話があるんだ」

そう言って桜葉はチラッと麻利絵の様子を窺う。

「風祭をお借りしてもよろしいですか?」

桜葉に言われ、渋々麻利絵は俺から離れた。

「優馬君、話が終わったらちゃんと迎えに来てね」

桜葉に小さく一礼して、麻利絵は友人たちのもとへ去っていった。

「助かったよ、桜葉。恩にきる」

「彼女はたしか早瀬副社長のひとり娘だったよな？　なぜお前が一緒にいたんだ？　如月が俺と一緒に来ていたら、仲睦まじく腕を組んでいるところを見られていたぞ」

「……本当に助かった」

どうやら愛実は仕事が終わらず、遅れて来るらしい。その間に俺は麻利絵との関係を桜葉に伝えた。

「なるほどな。しかし、風祭社長もなぜ風祭の気持ちを知っていながら頼んだんだろう。もしかしてなにか裏があるんじゃないか？」

「俺もそれが気になっていたんだ。それになにか嫌な予感がする。だから父さんに確認したいんだけど、今は無理みたいだ」

チラッと父さんと早瀬副社長に目を向けると、多くの人に囲まれていた。とてもじゃないが、プライベートな話をできる雰囲気ではない。

もどかしさを感じながら俺も桜葉もそれぞれ声をかけられた。少しして会場内を見渡せば、離れた場所で取引先と談笑する桜葉の隣には、いつの間にか愛実の姿があった。

愛実に声をかけたい気持ちを抑えて挨拶回りに集中する中、定刻となり新商品発表会が始まった。

まずは社長である父が挨拶をし、開発部や営業部による新商品紹介に移る。そして今回の企画の責任者を務めた早瀬副社長が壇上に上がった。

商品に関するPRと今後も風祭フーズをよろしくお願いしますと、当たり障りのないコメントをした後、早瀬副社長は笑顔で続けた。

「余談ではありますが、今後の風祭フーズの発展には社長の子息でつい先日、海外支社より本社に移った優馬君の力が必要となってくるでしょう。優馬君、この機会にぜひ皆さんにご挨拶を」

予定にない壇上の誘いに驚きを隠せなくなる。しかしスポットライトを当てられ、早瀬副社長に手招きされたら上がらざるを得ない。

壇上に立ち、自己紹介をして一言、二言話して終わりにしようとしたのだが、すぐに早瀬副社長がマイクを奪う。

「優馬君がいれば我が社も安泰でしょう。ゆくゆくは私も優馬君の義父となり、会社を支えていく所存です」

「えっ……？」

勘違いされかねない発言をした早瀬副社長を見ると、会場がざわつく中、麻利絵に目配せをしていた。

「実は私の娘と優馬君は幼なじみでしてね。社長とともにふたりが一緒になって、会社を支えてくれたらと願っているんです。もちろん本人同士次第ですが、どうかふたりを温かく見守ってくださったら嬉しいです」

まるで俺と麻利絵が結婚するかのような話に、会場内は温かい拍手で包まれる。

冗談じゃない、このまま早瀬副社長のペースに呑まれるか。会場内には愛実もいるんだ。勘違いされたくない。

しかし新商品発表会という席で、祝福ムードを壊すことに躊躇する。でもこのままでは大変な事態になりかねない。

近くにいる父を見るも、父もこうなることを望んでいるのだろうか。周りと一緒に拍手を送っていた。

恐らく早瀬副社長が父になにかを言ったのだろう。そうでなければ新商品発表の場でこのような発言をすることを父が許すはずがない。

ということは、父も俺と麻利絵の結婚を望んでいるということ。ここは場の空気を壊さないように、自分の意思をはっきりと示す必要がある。

「せっかくだし麻利絵、お前も優馬君の隣に来なさい」

麻利絵まで壇上に呼ぼうとする早瀬副社長の言葉に、会場内にいた愛実が背を向けて出ていこうとしたものだから俺は声を張り上げた。

「早瀬副社長、娘さんを壇上に上げないでください。そうでないと、ますます皆様に誤解を与えることになります」

「え……どういうことだ？　優馬君」

笑顔を引きつらせながら言う早瀬副社長に、「失礼します」と断りを入れてマイクを奪った。そして唖然《あぜん》とする愛実を真っ直ぐに見つめて口を開いた。

「早瀬副社長と父の、我が子を思う気持ちは大変ありがたいのですが、私には心に決めた女性がいます」

はっきりと伝えたところ、一気に会場はざわめき出す。

「なにを言ってるんだ？　優馬君。皆さんが困っているだろう？」

マイクを取ろうとする早瀬副社長に対し、「困惑させることを言い出したのは早瀬副社長ですよね」と言えば、口を結んだ。

「しかしこの場は、新商品開発に尽力してくれた社員たちの大切な発表の場です。ここでの私と彼女の婚約の発表は控えさせていただきますが、いずれ正式な場でご紹介させていただければと考えています。本日はお忙しい中、足をお運びいただいたにもかかわらず、お騒がせしてしまい、申し訳ございませんでした。今後も風祭フーズをどうぞよろしくお願いいたします」

大きく頭を下げると、少しして拍手が届いた。顔を上げれば、誰よりも先に拍手を送ってくれたのは桜葉だった。

桜葉をはじめ、多くの人たちが拍手を送ってくれた。どうにか会場の雰囲気を壊すことなく自分の気持ちを伝えることができて、胸を撫で下ろす。

最後に悔しそうに唇を噛みしめる早瀬副社長に対し、「今後、またこのようなことをした際は、俺も黙っていられませんから」と釘をさし、壇上から降りた。

すぐに早瀬副社長は「すみません、親心が先走ってしまいました。しかし、この先は誰にもわかりませんから、温かく見守ってください」とどうにか場を収めたようだ。

すぐに会場から出ていこうとした愛実を追いかけようとしたが、父に声をかけられた。

「優馬、結婚を考えている女性がいるという話を私は聞いていないぞ？」

拍手が鳴りやまない中、小声で聞かれたことに対して臆することなく答えた。

「時期を見て話そうと思っていたところです。しかし、社長はどうやら早瀬副社長から嘘を吹き込まれたようですね」

「嘘だと？」

片眉を上げて反応する姿を見るに、どうやら俺の考えは当たっていたようだ。

「副社長が言うには、お前がろくでもない女にうつつを抜かし、さらにはその女が優馬の幼なじみというだけで麻利絵ちゃんを傷つけたというではないか。どうやら今日、この会場にもいると聞いたから、麻利絵ちゃんを守るためにもその女性に牽制するべきだと思ったのだが……違ったのか？」

どうやら早瀬副社長は、とんでもない嘘を父に吹き込んだようだ。

「大違いだよ、父さん。詳しく説明したいところだが、今はそれよりも彼女の誤解を解くほうが先だから失礼する」

「あ、おい優馬！」

父に止められるも、優先すべきは愛実だ。急いで彼女の姿を捜す。すると途中で桜葉に会い、愛実は化粧室に行ったと教えてもらった。

廊下に出て化粧室へと向かう途中、愛実に出くわしたが彼女は俺に気づくと背を向けた。幸い、周囲に人はいない。

「待ってくれ、愛実！」

すぐに愛実の腕を掴んで動きを止める。すると愛実は顔を真っ赤にさせた。

「あんなことを言われたら困ります！　優馬さんが私を見て言うものだから、近くにいる人たちに気づかれてしまったんですよ？　もちろんいずれはバレるとわかってはいましたが、まさかこんなかたちで知られて、どうしたらいいんですか？」

どうやら愛実は混乱しているようだ。彼女には申し訳ないが、今からますます混乱することを言わせてもらおう。

「どうするもなにも、俺は愛実と本気で結婚したいと思っている」

「フリですよね？　それはもちろんわかっています」

「いや、違う」

彼女の腕を掴む力を強め、俺は愛実に伝わるように気持ちを言葉にしていく。

「いきなり付き合ってくれと言っても、すぐ断っていただろ？　だからどんな手を使ってでも愛実を繋ぎとめたかったんだ。そして徐々に愛実が俺から離れられない状況に追い込んで、俺を好きになってもらうつもりだった」

「う、そ……」

信じられないと言いたそうに目を丸くさせる愛実に、自分の想いを伝えていく。

「まだ出会って間もないし、信じられなくて当然だ。でも俺は、一瞬で恋に落ちる瞬間もあると思うんだ。まさに俺がそうだから。……愛実のことが好きだ。この先、愛実以上に好きになれる相手に出会うことはない。だから少しずつでいい、俺のことを知って好きになってほしい。その間もずっと俺のそばにいてくれ」

「優馬さん……」

俺の気持ち、少しは愛実に伝わっただろうか。不安を抱きながら彼女の答えを待っていると、少しして深く頷いた。その姿に胸を撫で下ろした。

「ありがとう、愛実。これからも愛実に好きになってもらえるよう、努力させてくれ」

彼女の手を握って言えば、愛実はさらに顔を真っ赤にさせたものだから可愛くてつい笑ってしまった。

つらい時に、そばにいてくれた人

「副社長、本日は遊園地のほうへ売り場の視察をされた後、東京本社に戻って十六時より商品開発部との打ち合わせが入っております。その後は予定通り東京に宿泊されず、福島に戻るということでよろしいですか？」

「あぁ、かまわない。前にも言ったが打ち合わせが終わるのは十九時を回るだろう。次の日、秘書課で月に一度の会議が入っているのだから、如月は東京に一泊して戻ってきてくれてかまわないから」

「はい、かしこまりました」

出勤してすぐに、いつものように福島の支社で副社長とその日のスケジュールの確認をしていく。

副社長が主体となって進めた海外への商品展開が成功し、今後は国内の、とくに地方との独自施策などの結びつきを強める目的で今回のプロジェクトが始まった。

第一弾として地方の遊園地と共同で開発を進めているのが、売店で販売するお菓子や土産物、それとレストランで提供する料理だ。この案件も順調に進んでいる。

準備を済ませ、遊園地の視察へと向かった。

園長に園内を案内してもらい、売り場の説明を受ける中、ふとここで副社長の想い人と出会い、彼女に言ってしまった言葉を思い出してしまう。

まさか副社長が彼女に想いを寄せているとは思わなかった。甥っ子様に関しては聞いていたから納得できたものの、そこに彼女が付け込んで副社長に邪な感情を抱いて近づいてきたとばかり……。

むしろ特別な感情を抱いていたのは副社長のほうだったなんて。

園長の説明を真剣な面持ちで聞く副社長には、これまで浮いた話などひとつもなかった。でも近寄ってくる女性は後を絶たず苦労されているのを近くで見てきたから、副社長が心から愛する女性が現れたら、全力で応援しようと決めていたのに。

今度会う機会があったら、優馬さんの言う通り、汐里さんの誤解を解きたい。

その後も視察は順調に進み、遅れることなく新幹線に乗車することができた。

「こちら、打ち合わせの資料になります」

「ありがとう」

私から資料を受け取った副社長は、さっそく目を通し始めた。ちょうど車内販売が始まり、珈琲をふたつ注文する。

「どうぞ」

「悪いな」

私も珈琲を飲みながらパソコンを開いた時、スマホにメッセージが届いた。送り主は泉川君からで、【今日、本社に来るよな？　よかったら少し時間を作ってくれないか？】と綴られていた。

泉川君が私に誘いのメッセージを送ってくる時は、決まって大宮さん絡み。今回もそうなのだろう。

【打ち合わせが終わるのが十九時過ぎだから、それからでもいいなら】と返信したら、すぐに大丈夫という返事が届いた。

「もしかして風祭からか？」

「え？」

さっきまで資料に目を通していた副社長がいつの間にか私を見ていたことに気づき、スマホをポケットに戻した。

「べつにもう隠すことはないだろ？」

「いえ、今は仕事中ですので。あ、それと相手は優馬さんではなく、同期からでした。しかし勤務中に私用のメッセージを見てしまい、申し訳ございません」

謝罪したところ、副社長に「今は移動中だから謝ることない」と言ってくれた。

「今夜、風祭に会ってやらないのか？」

「……東京に戻ることは伝えておりませんので」

「そうなのか」

副社長には、風祭フーズの新商品発表会で私と優馬さんの関係を知られてしまった。一週間が経つのだが、副社長に優馬さんとのことを直接聞かれたのは今日が初めてだった。きっと副社長なりに気遣ってくれたのだろう。

パソコンの画面を見ながら、彼に言われた愛の言葉が頭をよぎる。

最初は信じられなかった。だって優馬さんから婚約者のフリをしてくれと頼んだのだ。まさか私を想ってくれていたなんて夢にも思わないじゃない。

私も彼に惹かれているから嬉しかった。でもこの前、新商品発表会で壇上に上がった彼を見て、やっぱり私とは住む世界が違う人だと再認識させられた。

彼の想いに答えるということは、簡単なことじゃない。多くの責任が圧し掛かってくる。

だって彼は将来、風祭フーズを背負って立つ人だ。その相手が私でいいのか、そもそも私で務まるのか。……なにより彼のご両親や周りの人に認めてもらえるか自信がない。

好きだけでは一緒にいられない人だと思う。だからこれから自分の気持ちとしっかり向き合いたいと思っている。

だったら優馬さんと会う時間を作ったほうがいいとわかっているのだが、まだ熱く迫られた時のことを思い出しただけで恥ずかしくなるというのに、会ったらどうなってしまうのか……。

まともに話すことも顔を見ることもできない気がする。だからもう少し自分の気持ちに整理がついたら会いたいと考えている。

そうしたら気持ちをぶつけてくれた優馬さんのように、私も自分の素直な思いを包み隠さずに話そう。

まずは山場を迎えたプロジェクトが無事に成功することに集中したい。気持ちを切り替えて、仕事に取りかかった。

打ち合わせは予定より三十分押して終了した。新幹線の時間があるため、慌ただしく本社を後にした副社長を見送り、泉川君との待ち合わせ場所、会社ビルの一階にあるカフェへと向かった。

店内に入り、泉川君の姿を捜していると声が聞こえてきた。

「お疲れ様、如月さん」

声のしたほうに目を向ければ、泉川君の隣には大宮さんの姿があって戸惑う。

「あ……お疲れ様です」

とにかくふたりのもとへ向かうと、いそいそと泉川君が私の分の珈琲を買いに行った。

「忙しいのにごめんなさいね。どうしても亨也君が如月さんに謝りたいって言うから、同席させてもらったの」

「はぁ……」

ちょっと待って、話についていけない。いったいどういうこと？　私、泉川君が謝るようなことをされた？

混乱状態に陥る中、珈琲を買って戻ってきた泉川君は、私に珈琲を渡してすぐに頭を下げて謝ってきた。

「如月、この前はプライベートなことにもかかわらず、デリカシーなく聞いて悪かった！」

「え？」

どの件について謝罪されているのかわからず、首を傾げてしまう。

「もう二度とあんなことはしない。だから許してくれないか？」

顔を上げた泉川君は、目で「話を合わせてくれ」と訴えてきた。とにかくここは合わせるのが無難だろう。

「もちろんよ。だからもう気にしないで」

私の話を聞き、大宮さんは「よかったね、享也君。私も安心したよ」と言って泉川君の背中を撫でた。

「あぁ、本当によかった。これで静香さんも俺と普通に接してくれるだろ？」

「そうね」

大宮さんの話を聞いて、泉川君はホッとした顔を見せた。

「せっかくだから、三人でご飯でも食べに行こうか」

「いいね、行こうぜ如月」

食事の話になったところで大宮さんのスマホが鳴る。どうやら相手は会長からのようで、彼女は「ごめん、ちょっと待ってて」と言ってカフェから出ていった。

それを確認した私はすぐ泉川君に「どういうこと？」と問いただした。すると彼は気まずそうに目を逸らす。

「いやー、ほら、この前土産をもらった時にズケズケと色々聞いただろ？　それに対して静香さんがご立腹でさ。如月に許してもらえるまで俺とは話さないって言うんだ。でもタイミング悪く如月が福島に行っちゃって謝る機会がなくて、おかげで静香さんとも話せないつらい日々を過ごしていたんだ」

泣き真似をする泉川君に呆れてしまう。

「もとはといえば、泉川君が悪いんでしょ？」

「あぁ、そうさ。俺が招いた結果だ。おまけにお前の相手はあの風祭フーズの御曹司だっていうじゃないか。相手が相手だけに俺に詰め寄られても言えず、如月が心苦しかったはずだとさらに静香さん怒っちゃってさ」

「ちょ、ちょっと待って！」

聞き捨てならない言葉に止めに入った。

「どうして泉川君が優馬さんのことを知っているの？」

「どうしてって……社内では有名な話だぞ？　新商品発表会にはうちからも何人か出席していたからさ。そこから婚約者は如月だって噂が広まったんだ」

そういえば今日、廊下を歩いていただけで今まで以上に多くの視線を集めていた。

また副社長とのことでなにか言われているのだろうと気にもしなかったが、まさか優馬さんとのことだったの？

あの場には社内の人がいたし、いずれは話が広まると思ってはいた。しかし、まさかこんなにも早く噂されることになるとは……。

「優馬さんって呼んでいるってことは、嘘ではないようだな」

「いや、その……」

つい泉川君の前だというのに「優馬さん」と呼んでしまったことを後悔していると、彼はニヤニヤしながら続ける。

「たしかに相手が風祭フーズの御曹司なら俺たちに軽はずみに言えないわけだ。悪かったな、しつこく聞いたりして。でも俺も静香さんも心配していたんだ。力になれることがあればなんでもするから、いつでも頼ってくれよ」

「……ありがとう」

ちゃんと自分の口から伝えたかったけれど、こうして心配して力になってくれる存在がいることは心強い。

自然と頬が緩み、ふたりで大宮さんが戻ってきたらなにを食べに行こうかと相談していると、急に隣の席に誰かが腰を下ろした。

目の前に座る泉川君は目を丸くさせた。大宮さんが戻ってきたんじゃないかと思って隣を見たところ、座っていたのは呼吸が乱れている優馬さんで、目を疑う。

「え？　優馬さん？」

まさかの人物に困惑する中、呼吸を整えた優馬さんは私の肩に腕を回して自分のほうに引き寄せた。

「愛実は俺が今、口説いている最中なんだ。絶対に譲れないし、諦めるつもりもない。だから諦めてくれ」

牽制するように言う優馬さんに対して、私はフリーズしてしまい、泉川君は目を瞬かせる。先に事態を把握したのは泉川君で、慌てて両手と首を左右に振った。

「え！　ま、待ってください！　大変な誤解です！　俺には愛する女性がいるんです。誰が如月なんかを……っ」

「如月なんか？」

泉川君の言葉に反応した優馬さんの声は、怒りに満ちているものだから急いで止めに入った。

「優馬さん、彼は同期です。それに結婚を前提に私の先輩とお付き合いしています」

話を聞き、優馬さんは私を見つめる。

「本当か？」

「はい、嘘なんてついてどうなるんですか。それに今日も三人で会っていて、たまたま彼女に仕事の電話が入って席を外しているだけです。そろそろ……あ、戻ってきました」

電話を終えて戻ってきた大宮さんも、優馬さんがいることに驚いている。

大宮さんにも同席してもらって事情を説明すると、やっと優馬さんは納得してくれて、泉川君に謝罪した。

「彼に悪いことをしてしまったな」

「大丈夫ですよ、気にしないでくださいって泉川君も言っていたではありませんか」

カフェでふたりと別れ、久しぶりに食事に行くことになりタクシーに乗ったのだが、優馬さんは罪悪感に襲われていて、頭を抱えていた。

「そもそもなぜあそこに？」

たまたま仕事で通りかかっただけなのか気になって聞いたところ、彼は顔を上げた。

「桜葉から愛実と東京に戻っていると聞いたんだ」

「え？　副社長がですか？」

「あぁ」

そういえば新幹線の中で優馬さんと会わないのかと聞いてきたよね。私が東京に戻ることを伝えていないと言ったから？

「だから一目でも会いたいと思って来てみたら、愛実が俺以外の男と楽しそうに話していてカッとなってつい……」

言葉を濁して気まずそうに目を伏せる彼の姿に、不覚にも胸がときめく。

ずっとどんな顔をして会えばいいのか、会っても緊張してうまく話せないかもしれないという不安があったのに、実際に会ったら普段通りに話せていることが不思議。

「本当に悪かった。愛実の大切な同期や先輩にも迷惑をかけて」

「いいえ、本当に大丈夫です。それに私のほうこそすみません、東京に戻ってくることを伝えずに」

申し訳なくなって謝ると、優馬さんはそっと私の頭を撫でた。

「俺が急に告白なんてしたから驚いたんだろ？　それで心の整理がつくまで俺に会うのは控えて、今は仕事に集中しようと思っていたってところか？」

すべてが図星で驚きを隠せず、「どうしてわかったんですか？」と聞けば、彼は目を細めた。

「愛実のことならなんでもわかる自信があるよ。だから気にしていないさ。それにそれだけ俺との話を真剣に考えてくれているってことだもんな」

まさにその通りだ。だって私も優馬さんのことが好きだから。

「……はい。だからあと少し待っててもらえませんか？」

きっと彼の本当の恋人になるなら、多くの困難と立ち向かわなければいけないと思う。私の決心がつくまで待っていてほしい。

すると彼は「当たり前だろ？」と言って優しく手を握った。

「俺はもう愛実を手放すつもりはないし、愛実以外の女性と結婚できる自信もない。いくらでも待つから、今は仕事を優先してくれてかまわない」

「優馬さん……」

私の気持ちを尊重してくれるところも好き。彼の優しさに触れ、そして知るたびに好きって気持ちが大きくなっていく。

「ただし、連絡だけは欲しい。東京に戻ってくるなら少しの時間でも会いたいから」

「はい、わかりました」

少しだけいじけた言い方をする彼が可愛くて、笑みが零れてしまう。すると優馬さんは深いため息を漏らした。

「どうしたんですか？」

気になって聞くと、彼は恨めしそうに私を見る。

「愛実が可愛くて抱きしめたくなったから困っている。どう責任を取ってくれるんだ?」

「責任って……そう言われても困ります」

次の瞬間、優馬さんは私の耳に顔を近づけた。

「俺も困る。だから早く俺を好きになってくれ」

甘い声で囁かれた言葉に、身体中が熱くなる。今度は私がジロリと彼を睨めば、嬉しそうに笑うものだから胸の高鳴りは増すばかり。

待ってほしいと言いながら、きっともう彼に出す答えは決まっている。だけど私は仕事も恋も全力でできるほど器用じゃない。

今は副社長にとって大切なプロジェクトを無事に成功させ、それから優馬さんと向き合いたい。

そんな私の気持ちに気づいているから優馬さんはさっき、仕事を優先していいって言ってくれたのだろう。

だからあと少しだけ待ってほしい。その思いで見つめれば私の気持ちは伝わったのか、彼は目を細めた。

優馬さんとの食事は話が弾み、楽しいひと時を過ごすことができた。そのまま真っ直ぐ彼は私をマンションまで送り届けて帰っていった。

福島に戻って忙しない日々を過ごす中でも、彼との連絡を欠かしたことはなかった。そしていよいよプロジェクトが佳境を迎えた頃。私は半休をもらって母のもとを訪れていた。

「汐里ちゃんってば本当に人気者でね。私以外にもファンがたくさんいるのよ」

「そうなんだ。でも、担当の先生をそんな風に呼んで怒られないの？」

「全然。むしろ喜んでくれたわ。私のことも〝里子さん〟って呼んでくれたの」

嬉しそうにリハビリ担当の先生の話をする母に、頬が緩む。

福島に滞在するようになってからというもの、前よりも母の様子を見に来られるようになった。でも整形外科の診療日や診察時間内には間に合わないことばかりだったので、今日はようやく先生と話ができる。

最初は気まずさを感じて母とうまくコミュニケーションをとることができなかったが、優馬さんに背中を押されて自分なりに母と向き合えるようになった。

少しずつだけれど、昔みたいに話せるようになってきたことを嬉しく思う。

正直、リハビリでここまでの回復を期待していなかった。だが、母はみるみるうちに回復していき、普通に話せるまでになった。

なによりリハビリに行くのが楽しみなようで、生き生きしている。そんな母を見たら、娘として担当の先生に一度ご挨拶をし、感謝の気持ちを伝えたくなったのだ。それにどんな先生なのか、個人的にも会いたい。

少し緊張しながら母と病院に向かい、対面したわけだが、驚くことに母のリハビリを担当していたのは理学療法士として働く副社長の想い人、天瀬《あませ》汐里さんだった。

お互いびっくりしたが、母の手前、初めて会ったように装った。早いうちに会って彼女の誤解を解きたいと思っていたが、まさかここで会うとは夢にも思わず、変な焦りを覚える。

そのためうまく取り繕うことができなくて、嬉しそうに天瀬さんの話をする母に対して、気付けば以前のように冷たい言葉を放ってしまった。

だけど天瀬さんは丁寧に母の状態を説明してくれて、私の細かな質問にも嫌な顔をすることなくわかりやすく答えてくれた。

最後に今後もリハビリを継続していけば、母は今の生活を維持できると聞き安心した。

「今後も引き続き母をよろしくお願いします。もしなにかありましたら私に連絡をください」

「はい、わかりました」

そろそろ出ないと仕事に間に合わなくなる。本当は彼女とゆっくり話したいが、仕方がない。次の機会に誤解を解こうと思い、母にまた来ることを伝えて病院を後にした。

昼頃に出社すると、副社長はいつになく機嫌がよかった。話を聞いたところ、どうやら今夜、甥っ子様と天瀬さんの三人で食事に行くらしい。

これは副社長のためにも早く仕事を終わらせなくてはと思い、なかなか仕事が手につかないでいる副社長を促した。

だけど浮かれる副社長の気持ちは理解できる。私も優馬さんと食事に行くとなったら、楽しみで仕方がなくなると思うから。

しかしそうか、今夜副社長はあの甥っ子様と食事に行くのか。

思い出すのは以前会った時に、甥っ子様が天瀬さんに放った一言。

『あのお姉さん、どうしてあんなにお顔が怖いの？』

それに対して天瀬さんは「怖くないでしょ？」と言ったが、甥っ子様は『女の子はねー、笑ったほうが可愛いと思う』と続けて言った。

その言葉に少なからずショックを受けたが、平謝りをする天瀬さんの前では気にしていないと気丈に振る舞うしかなかった。

トイレを済ませ、手を洗いながら自分の顔を見る。たしかに私の顔は子どもから見たら怖いだろう。

いや、子どもだけじゃない。大人にだって怖いと思われている。それなのになぜ優馬さんは私のことを〝可愛い〟と言うのか。

そしてそれを嬉しいと思う自分もいる。世界中で優馬さんだけに思ってもらえているなら、それでいいとさえ思う。

トイレから出て副社長室へ向かう途中、副社長に、天瀬さんにこの前ひどい言葉を言ってしまったことを伝えようと思い立ち、戻ってすぐに報告と謝罪をした。

母が天瀬さんを褒めていたことなども伝えると、自分のことのように喜んでいた。その姿を見て、副社長にとって天瀬さんはどれほど大切な存在なのかを思い知らされた。

しかし、天瀬さんには副社長の気持ちが届いていないように感じた。だから前途多難ですねと言ったところ、苦笑いされたのは言うまでもない。

それから何事もなく業務が進み、打ち合わせを終えたら副社長も定時で上がれるだろうと安堵していた時、思いがけない知らせが届いた。

本社の開発部から打ち合わせに来た社員によると、食材の仕入れ先から急遽《きゅうきょ》、商品を卸すことができなくなったと申し入れがあったという。

理由を聞いても頑なに口を閉ざし、とにかくできないの一点張りだそうで、副社長は仕入れ先の対応に当たっている開発部の社員のもとへ向かった。

私は専務派の動きを調べていた。それというのも社内には同族経営を嫌う者たちもおり、専務派という派閥が作られていた。

六十歳になる専務は他社での経験も豊富で、取引先との太いパイプもある。だから専務こそ会社のリーダーに相応《ふさわ》しいと訴える動きがあるのだ。

その専務派によって度々副社長が絡んだプロジェクトに対し、妨害行為があった。しかし、毎回証拠がなくて表立って制裁を加えることができなかった。

もし今回も専務派による妨害ならば、今度こそ証拠を見つけられればいいのだけれど。

調べたところ、やはり専務派による妨害だということが見えてきた。

それを副社長にお伝えしたところ、頭を抱えていらっしゃった。本来なら切磋琢磨して会社を盛り上げていく仲間であるはずなのにと。

とにかく仕入れ先に出向いて問題を解決する必要があるため、副社長は私にあることを頼んで出かけていった。

副社長に頼まれて彼の車で向かった先は天瀬さんの仕事場。まさかまたこんなに早く会うことになるとは思わなかったから、少しばかり緊張する。

でも副社長に天瀬さんと甥っ子様を飲食店に送り届けてほしいと頼まれてよかった。車内でゆっくり話ができるだろうから、私には結婚を考えている恋人がいることを伝え、そしてこの前のことを謝罪したい。

副社長に私が迎えに行くと連絡を受けていたようで、天瀬さんは気まずそうにやって来た。

嫌われているとまではいかなくても、天瀬さんには明らかに苦手意識を持たれているだろう。まずは車に乗っていただいた。

しかし、どうやって切り出せばいいのかわからず、車内はシンと静まり返る。音楽やラジオをかけておけばよかったと後悔しながらも、気まずい空気に耐えられず声を出した。

「私はあなたのことを少し誤解していたようです」

「えっ？」

主語のない話に、当然天瀬さんは困惑した声を上げた。

いくら緊張していたからといって、なぜ最初にこんな回りくどい言葉しか出てこないのかと自分が情けなくなる。

しかしさっきの言葉の意味を伝えないわけにはいかず、説明していく。

「これまでの女性のように、副社長の地位目当てで近づいてきた女性だと思っていました」

それから母が彼女のことを褒めていたことを話していると、天瀬さんが私の話に耳を傾けてくれているからか、母に対する素直な思いが口をついて出てしまった。

しかしそれがよかったのか、天瀬さんの緊張も解けたようだった。

そしてやはり私が副社長に好意を寄せていると勘違いされていた。私には結婚を前提に付き合っている恋人がいると伝えたところ、あからさまに安堵した姿を見て思わず笑ってしまったが。

どうやら天瀬さんも副社長に少なからず好意を持っているようで安心した。

今頃、副社長は仕入れ先の説得に当たっており、疲れて戻られるはず。だからどうか副社長の話を聞いてほしいと頼んだ。

写真を見て仕事の士気が上がると言っていたくらいだ。話を聞いてもらうだけで違うはず。

甥っ子様の保育園への迎えにも同行した。天瀬さんとはだいぶ打ち解けることができたが、甥っ子様はやはり私に警戒心を強く持っていた。

しかし、見慣れない人に対しては警戒心を持っていたほうがいい。今は物騒な世の中だ。社長と血縁関係にあると知られたら、邪な感情を持つ者に狙われることも増えるだろう。

無事におふたりを飲食店に送り届けると、最後に甥っ子様は少しだけ私に心を開いてくれた。その姿はとても愛らしく、副社長が可愛がる理由に納得がいった。

店内のお席までお送りしようとしたが、天瀬さんに断られ駐車場で別れた。

副社長のことや、自分には婚約者がいることを伝えられたのはよかったが、結局汐里さんに謝ることができなかった。今度会った時こそ、しっかり謝罪を伝えなければ。

そして支社に戻ったところ、仕入れの問題については不可解な点が残ったものの、無事に問題は解決され、先方より迷惑をかけた分、価格は頑張らせてほしいと言われたという。

最初から食材を卸すことができないなどと言ったのは、やはり専務派の妨害だと思われた。

それに関しては引き続き私が調べることにして、副社長を一刻も早く天瀬さんたちのもとへ送り出そうとした時、副社長のスマホに社長から連絡が入った。

通話に出た副社長はただならぬ様子で、なにかあったのだと緊張がはしる。

「ちょっと待ってくれ、俺を驚かせようと嘘を言っているわけではないよな？」

いったいなにがあったのか……。仕事に関する大きなトラブル？　それともご家族になにかあった？

「汐里さん……」

次に副社長が天瀬さんの名前を口にしたものだから、彼女になにかあったんだと悟った。

「先ほど間違いなくおふたりをお店の駐車場まで送り届けました」

天瀬さんの身になにか起きた？　それならば一緒にいた甥っ子様も？

しかしたしかについさっき、おふたりを飲食店まで送り届けたはず。それなのにいったいなにがあったというのだろうか。

一度社長との通話を切った副社長はすぐに天瀬さんに連絡をしたところ、怪我を負って病院に搬送され、さらに甥っ子様は誘拐されたという。

呆然とする副社長とともに、私もなぜ店内まで送らなかったのかと後悔に襲われる。

しかし今は後悔している場合じゃない。きっと一刻を争う状況なはず。

「しっかりしてください、副社長！　まずは一度落ち着いて深呼吸をなさってください！　一刻を争う事態なんですよね」

「……あぁ」

副社長を叱咤《しった》し、ただただ天瀬さんと甥っ子様の無事を祈って自分にできることをしていった。

とてもじゃないが滞在先のホテルに戻る気にはなれず、支社で連絡を待った。

天瀬さんは命に別条はないものの、検査のため入院することになったと連絡を受けた。

さらにその日の夜に甥っ子様は無事に保護されたようで、副社長のお母様から報告を受けて胸を撫で下ろした。安心からか、しばらく手の震えが止まらなかった。

そのまま支社で夜を明かし、私も朝一番の新幹線で東京へと向かった。

残念なことに、今回の事件にも専務が絡んでいた。誘拐事件の犯人は一年前に契約を終了した取引先の社長だったが、専務が犯人に協力していたのだ。

副社長は甥っ子様を救出する際に怪我を負い、本日はお休みされるという。きっと明日から忙しくなるだろう。

少しでも副社長の業務が円滑に進むように準備を進めていこう。

本社に戻るとすでに事件を聞きつけて、多くの報道陣が詰めかけていた。会社にも電話がひっきりなしにかかってきて対応に追われる。

事件が事件だけに社内にも大きな動揺が広がっていた。会社のこの先を心配する者も多く、同期や秘書課の同僚からも会社は大丈夫なのかと何度も聞かれたが、私はただ今はなにもわからない状況だとしか伝えることができなかった。

対応に追われて一日はあっという間に過ぎていった。昨夜、ほとんど寝ていないせいで疲れがピークに達していた。

副社長は今日一度、甥っ子様を連れて福島に戻ると報告を受けている。だから私も早く戻ってサポートするべきなのだが、雑務が終わりそうにない。

「どうしよう、今日も会社に泊まろうかな」

誰もいない副社長室で独り言ちてしまう。本当は家に戻って少しでも休むべきだと思うけど、家でひとりになったら色々と考えて余計に眠れなくなりそうだった。

それに天瀬さんに申し訳ない気持ちでたまらない。私があの時、店内までしっかり送り届けていれば事件は起きなかったのに。

仕事をする手は止まり、茫然とパソコンの画面を眺めて後悔に襲われていると、ドアをノックする音が聞こえた。

時刻は二十時過ぎ。この時間に副社長室を訪ねてくる人など珍しい。事件が起きたばかりで、社内といえど安心はできない。もしかしたらマスコミが無断で侵入してきた可能性もあり得るから、警戒しながらドアへと近づいていく。

「はい」

突然入られないようにドアノブを押さえながら返事をすると、「愛実？　俺だ」と聞き覚えのある声が聞こえた。

「え……優馬さん？」

「あぁ。よかった、まだ残っていて」

「どうしてここに？」

そもそも社内の人間ではないのに、どうやって入ってきたの？

混乱する私にドア越しに彼は説明してくれた。

「さっきまで社長と話をしていたんだ。聞いたら愛実が本社に戻って対応に当たっているると聞いてさ。もしかしたらまだ残っているかもしれないというから来てみたんだ。……今回の事件は大変だったな。桜葉が怪我をしたと聞いた。愛実は大丈夫だったのか？」

業務に追われて連絡できなかった私のことを心配する彼に、勢いよくドアを開けた。すると優馬さんは驚き、目を瞬かせている。

優馬さんを見た瞬間、一気に緊張の糸が緩んでいった。

「優馬さん……っ」

様々な思いが込み上がっていき、たまらず彼の胸に飛び込んだ。そんな私を戸惑いながらも優しく抱きとめてくれた彼は、そっと私の背中を撫でる。

「大丈夫か？　やはりどこか怪我を負っていたのか？　愛実のことだ、誰にも言えなかったんだろう」

私の背中を撫でる手が優しくて涙が溢れ、言葉にならなくて私は首を横に振って否定した。

「じゃあなんで泣いているんだ？」

そう言うと優馬さんは私を覗き、溢れる涙を拭いながら苦しげに顔を歪める。

「愛実に泣かれると俺もつらい。だからなにがあったか教えてくれ」

優しい言葉に胸がいっぱいになり、私は思うがまま吐き出していった。

「私が悪いんです。……私がしっかりとおふたりを店内まで送らなかったせいで事件が起きてしまったんです。副社長からおふたりのことを頼まれていたのに……。私のせいで天瀬さんと副社長に怪我を負わせてしまいました。甥っ子様にだって怖い思いをさせてしまった」

昨日から何度後悔し、過去に戻りたいと願っただろう。迷いながらも早く会社に戻ってプロジェクトの状況を把握したくなり、天瀬さんの言葉に甘えてしまった自分が憎い。

「なにを言っているんだ？　愛実はなにも悪くない。悪いのは犯人だ」

「でも……」

「でもじゃない。愛実に落ち度はひとつもない。それに誰が駐車場で誘拐されると予想できる？　だからそんなに自分を責めるな」

力強い声で言い、彼は私を抱きしめた。

「俺だけじゃない、誰も愛実を悪く言う人はいない」

何度も彼は悪くないと繰り返して、優しく私の背中や髪を撫でていく。

「それはきっと汐里さんも思っているはずだ。愛実が責任を感じていると知ったら、つらい気持ちになるよ」

「そう、でしょうか？」

震える声で聞き返すと、優馬さんはすぐに「あぁ」と答えてくれた。

「悪いのは犯人なのに、愛実が罪悪感を抱いていると知ったら申し訳なく思うだろう。だから後悔することはない。みんな無事だったことを喜ぼう」

あれほど後悔していたのに、こうして彼に抱きしめられて優しい言葉をかけられたら、不思議と気持ちが軽くなっていく。

「本当に翼君も汐里さんも、桜葉も無事でよかったな」

「は……い」

怪我は負ったものの、本当に無事でよかった。

安堵するとともに、優馬さんへの気持ちが溢れて止まらなくなる。

彼と一緒になる未来を心配して不安に思っていた。でも、それ以上に優馬さんと一緒にいられない未来が怖くなった。

たとえどんなことが待ち受けていようとも、彼が隣にいてくれるならなんだってできるんじゃないだろうか。

身分差を理由にして離れることなどできないくらい、優馬さんのことが好きになっている。

「落ち着いたか？」

「はい」

再び私の顔を覗いて泣き止んだことを確認すると、彼は目に残っている涙を拭う。

「昨夜は寝ていないんじゃないか？　隈《くま》ができてる」

「……はい、心配でホテルに戻れなくて支社でひと晩過ごしたんです」

「やっぱり。もう今日は帰ったほうがいい。送るから荷物をまとめて」

もう少し仕事がしたいとは言えない雰囲気で、私は彼に言われるがまま荷物をまとめて帰り支度を進める。

でも泣いたからか一気に眠気が襲ってきた。たしかに今日はひとまず帰って身体を休めたほうがいいのかもしれない。

お言葉に甘えて車で来ていた彼にマンションまで送ってもらった。駐車場まででいいと言ったのだが、心配だからと玄関前まで送ってくれた。

どうしよう、優馬さんと離れがたい。明日に備えて早く寝るべきなのにあと少しでいいから一緒にいたい。

「送っていただき、ありがとうございました」

「いや、俺が送りたかっただけだから。……今夜はゆっくり休んで」

「はい」

彼の背中を見つめながら、素直な思いをぶつけようとした時、優馬さんは三メートルほど進んだところで足を止めた。

「優馬さん？」

不思議に思って名前を呼ぶと、彼は背を向けたまま口を開いた。

「本当に俺はこのまま帰ってもいいのか？　愛実の本心は？」

ゆっくりと振り返った彼は、私の気持ちを探るように真っ直ぐに見つめてきた。

私の本心？　そんなの決まってる。もっと一緒にいたい。好きだって伝えたい。これからもずっとそばにいてほしいと言いたい。

でもそれは今、言うべきことではないはず。それなのに、なぜ優馬さんは私の心を揺らすことを言うの？

「初めて会った日の夜、いつかきっと愛実のすべてを愛してくれる相手が現れると言ったことを覚えているか？」

「……はい」

もちろん覚えている。そんな人、現れるはずがないと思ったのだから。

「俺は嘘をつかない人間なんだ。現に愛実の前に現れただろ？　愛実のすべてを愛おしく思い、愛してくれる男が目の前に。……だからさ、どんなことでも俺にだけは話してほしい。どんなワガママでも聞いてやりたいんだ」

どんなワガママも聞いてくれる？　どうして優馬さんはそんなに優しいの？　なぜそんなにも私のことを想ってくれるのだろう。

「いいんですか？　ワガママを言っても」

再び目頭が熱くなりながらも聞くと、優馬さんは柔らかい笑みを浮かべた。

「もちろん。どんなワガママだって受け入れるさ」

その言葉を聞き、涙が零れ落ちた。

「じゃあ……そばにいてください。今だけじゃなくて、この先もずっと」

私の話を聞いて優馬さんは目を見開いた後、ゆっくりと歩み寄ってきた。そして私の目の前で足を止めると、溢れる涙を人差し指で拭う。

「それは最高に可愛いワガママだ。喜んでそばにいるよ」

「本当に……？　ずっとですよ？」

好きだと言われているのに、この先もずっといてくれるのか不安になって聞くと、彼はクスリと笑った。

「当たり前だろ？　どれだけ俺が愛実のことを愛しているのかまだわからないようだな」

次の瞬間、力いっぱい抱きしめられた。彼のぬくもりに包まれて涙が止まらなくなる。

「優馬さんだってわかっていません」

「なにを？」

クスクスと笑いながら言う彼に、緊張しつつも自分の想いを告げた。

「私がどれだけ優馬さんのことが好きかを」

「え――」

驚いた声を上げてすぐさま私の目を捉える。そんな彼を真っ直ぐに見つめて愛の言葉を伝えた。

「優馬さんのことが好きです。……この先もずっとそばにいたいくらい、すごく大好き」

「愛実……」

私の気持ちは伝わったようで、優馬さんの目は赤く染まっていく。

「本当に……？」

今度は彼が恐る恐る聞いてきた。そんな優馬さんに笑顔で「はい、大好きです」と言ったら、再び力いっぱいに抱きしめられた。

「夢みたいだ。……嘘でも冗談でもないよな？」

「嘘でも冗談でもありません」

彼の言葉を否定したら、さらに強い力で抱きしめられて苦しい。でもその苦しささえも愛おしくてたまらない。

優しくて誰よりも私のことを理解してくれて、真摯に仕事に打ち込む姿を尊敬してる。そして私が落ち込んでいたら励まし、慰めてくれた。そんなあなたを好きにならないほうがおかしい。

「じゃあ嘘じゃないって確かめさせてくれ」

「えっ？　んっ」

私を抱きしめる力が弱まったと思ったら、一瞬にして唇を奪われた。

熱いキスに幸せな気持ちでいっぱいになる。唇が触れてさらに彼への気持ちを再認識させられた。

彼が優しくしてくれて愛してくれる分を、私も返したい。その思いで必死にキスに応えていく。

「愛実……」

キスの合間、何度も愛おしそうに名前を呼ばれるたびに、泣きたくなるほど私は幸せで満たされていった。

愛おしい人のために　優馬ＳＩＤＥ

スマホのアラームで目が覚め、急いでスマホを手に取って音を止めた。そっと俺の胸に顔を埋めて眠る愛実を見る。

起こしたかもしれないと心配したが、彼女は規則正しい寝息を立てて眠っていた。

胸を撫で下ろし、起こさないようにゆっくりとベッドから下りる。できれば愛実が目を覚ますまで一緒にいたいところだが、朝一で重要な会議が入っているからそろそろ出ないといけない。

そっと愛実の髪を撫でて頬にキスを落とした。

「行ってくるよ」

一夜明けたがいまだに夢の世界にいるようだった。こんなにも早く愛実と気持ちが通じ合えるとは思わなかったから。

「本当、我慢した俺を褒めてほしいよ」

愛実の髪を撫でながら理性に打ち勝った自分が誇らしくなる。愛実から好きだと愛の言葉を囁かれ、気持ちが溢れて止まらず、無我夢中で彼女にキスをした。

最初は戸惑いながらも次第に口づけに応えてくれたのが嬉しくて、あのまま愛実を抱きたい衝動に駆られた。

しかし愛実がほとんど寝ていないと言っていたことを思い出し、こうして添い寝をしながらひと晩過ごしたのだ。

「今度はさすがに我慢できないからな」

寝ていて聞こえないとわかってはいるが、言わずにはいられなかった。またふたりでベッドに眠る時がきたら、初めての夜以上に愛される幸せを身体中に刻みたい。

そのためにもまずは目の前の問題を解決しなければいけない。

静かにマンションを後にし、車を運転しながら本社へと向かう。

サクラバ食品社長の血縁者の誘拐事件は、日本中を驚かせた。犯人の犯行動機は逆恨みだが、この一件に専務も関わっていることがわかり、後継者争いなどメディアはこぞって特集を組んでいた。

昨日の朝、テレビで事件を知り、真っ先に愛実の安否を案じたが、俺が心配していると思って怪我を負いながらも桜葉が連絡をくれた。

自分はそんなにひどい怪我ではなく、汐里さんと翼君も無事だということ。そして今回の事件で、もしかしたら俺にも迷惑をかけてしまうかもしれない。力を貸してもらうことになるかもしれないとも言っていた。

怪我を負った桜葉と汐里さんのことが心配になったし、なにより事件に巻き込まれた翼君の気持ちを考えると心が痛んだ。

恐らく会社の株価も暴落し、商品の売上にも影響が出るだろう。

同業界で働く仲間として、なにより友人として居ても立ってもいられなくなり、その日の仕事終わりにサクラバ食品を訪れた。

なにか力になりたいと思い、社長に昔、俺と桜葉が中心となって進めていた共同プロジェクトを、再び進めないかと持ちかけた。原材料の仕入れ先との関係は続いているし、土台はすでに出来上がっている。あとは本格的に動けばいい。

まだ俺ひとりの考えであって、これから風祭フーズに正式に企画案を上げるつもりだが、了承してくれたらなにがなんでも実現させるつもりだった。

そのために、今サクラバ食品が進めているプロジェクトにうちも共同で参加させてほしいと申し入れた。

俺がこのような企画を上げたところで、重役たちは情に流されているのではないかと言って反対する可能性がある。

しかし、止まっていたプロジェクトを再始動させ、同時にリリースされた際に大ききな話題になったサクラバ食品のプロジェクトに加われるのだ。

そこでこちらの得られるものを説明できれば、反対する理由もなくなるだろう。

幸いなことにサクラバ食品の社長は受け入れてくれて、ぜひお願いしたいとのことだった。この企画がサクラバ食品が窮地を脱すものになるためにも、あとは俺がなんとしても企画を通すだけだ。

社長である父には昨日のうちに大まかに説明してある。父は賛成してくれたが、自分の一存だけでは決められない、重役たちを前にプレゼンして了承を得ろと言われた。

ちょうど今日は運営会議が入っており、そこで企画を提案してみるつもりだ。その資料作りをするために急いで本社へと向かった。


五十人ほどが集う会議室内。社長をはじめ、各部署の部長たちが集まり、運営会議が始まったのは九時。まずは上半期の売上報告があり、今後展開していく新商品や企画案などの報告を受ける。

そして最後に俺から説明の場が設けられた。

「今回の事件に関しては、サクラバ食品の商品にはなんの落ち度もありません。国内トップシェアを誇るサクラバ食品との共同プロジェクトということで、多くの注目を集めるでしょう。それはすなわち、我が社の商品も多くの人の目に留まる機会が増えるということです」

用意した資料をもとに、今回の企画の利点を説明していく。重役たちの反応は上々で手応えを感じていたが、早瀬副社長だけは違った。

「専務、ちょっといいか?」

「はい、もちろんです」

俺の返事を聞き、早瀬副社長は厳しい口調で続けた。

「私はどうしてもこのプロジェクトに不安しかないんだ。メディアの反応からも、今回の事件は大きく報道され注目が集まっていて、不買運動まで広まっている。……私はただ、キミがサクラバ食品の副社長とは旧知の仲という理由だけで、無理にプロジェクトを進めたいのだとしか思えないのだが」

早瀬副社長の話に、会議室内はざわめき出す。

「経営は馴れ合いでは成り立たないのだよ。同情から始めたプロジェクトが到底成功するとは思えない。私は断固反対だ」

早瀬副社長を筆頭に次々と厳しい声が上がったが、俺は動じることなく口を開いた。

「皆さんがおっしゃることはもっともです。以前、ともに進めようとしていたプロジェクトを再始動しようとしているのですから。しかし私は友人だからと今回の話だけをサクラバ食品に提案したわけではありません。ちゃんと勝算を見込んでのことです」

最初からこういう流れになることは予想がついていた。サクラバ食品の社長に事前に申し入れしておいてよかった。

「サクラバ食品は現在、国内の、とくに地方との独自政策などの結びつきを強めるプロジェクトを進めているところです。福島県の遊園地との共同メニュー開発を機に、第二弾、第三弾と展開していくもので、今回はこちらのプロジェクトに我が社も加わり、共同で新商品の開発を進めていこうと考えています」

その際は地元の特産品を使用した商品を開発するとのことで、地元生産者との新しい結びつきや、新たな商品を生み出すヒントを得るような商材と出会う可能性が広がる。

なにより国内トップの売上を誇る、サクラバ食品の商品開発から販売までのノウハウも学ぶことができる。

「それは風祭フーズにとって財産になると思います。なにより皆さんのほうがサクラバ食品のブランド力の大きさを理解されているでしょう」

俺の話を聞き、重役たちは互いに顔を見合わせた。

「今回のふたつのプロジェクトは、絶対に成功すると確信を得たからこうして皆さんに提案させていただきました。どうかお力添えをいただけないでしょうか？」

大きく頭を下げたが、一向に反応が返ってこない。するとずっと沈黙を貫いていた父が口を開いた。

「現在、サクラバ食品は大きな注目を集めている。これをチャンスと捉えるかどうかだが、私はチャンスだと判断した。不買運動が広まっているのも事実だが、痛ましい事件に同情の声が上がっているのもまた事実だ。……なにより私は、こういう時代だからこそ助け合うべきだと思うんだ。それは早瀬副社長の言う通り、馴れ合いなのかもしれないが、損失が出たとしても得るものも大きいはず」

顔を上げると、目が合った父は立ち上がって深く頭を下げた。

「愚息はそれなりに海外支社で経験を積み、結果を残してきたが、企画書はまだ詰めるべきところがたくさんある。だからこそ皆さんの力をお借りできないだろうか」

父の言葉に目頭が熱くなる。父にここまでさせたんだ。なんとしても今回の企画を進めたい。

「お願いします」

俺もまた頭を下げると、ひとつ、またひとつと拍手が送られた。

詳細についてはまだ詰めるべきことが多いが、重役たちの賛成を得て企画を進めていくことになった。

会議は終了し、俺はすぐに父のもとへ駆け寄った。

「社長、ありがとうございました」

感謝の言葉とともに頭を下げると、父は「私も勝算があると思って賛成したまでだ。これからが本番だ」と言葉をかけられた。

「はい。必ず成功させてみせます」

力強い声で言えば、父は少しだけ口もとを緩めた。その時、急に早瀬副社長が話に割って入ってきた。

「優馬君には残念だよ」

「なにがでしょうか？」

唐突に言われたことに対して聞き返せば、早瀬副社長は残っている重役たちに聞こえるように大きな声で話し出した。

「サクラバ食品には例のキミの大切な女性がいるというじゃないか。さっきは言わずにいてやったが、その女性に頼まれたんじゃないか？」

「なにを言ってっ……」

カッとなり反論しようとした俺の声に、早瀬副社長は自分の声を被せてきた。

「社長、以前もお話ししましたが優馬君のためにも、結婚相手は慎重に選ぶべきです。あの女性に優馬君は騙《だま》されているんですよ。現に彼女に麻利絵は暴言を吐かれたんですよ？　そんな相手が優馬君の結婚相手に相応しいんですか？」

この場に愛実がいないのをいいことに、とんだ虚言だ。でも、ここで感情的になったら負けだと自分に言い聞かせた。

「お言葉ですが、私は決して仕事に私情を持ち込んだりしません。今回は、先ほども言いましたが勝算があると確信を持てたから提案したんです」

早瀬副社長は愛実のことを悪く言うが、父とは新商品発表会の夜に話し合っている。

父から聞いたところ、早瀬副社長は愛実が俺の財産狙いで近づき、幼なじみの麻利絵が気に食わず、罵り、娘は深く傷ついたなどと言っていたそうだ。

俺は事実を説明し、改めて麻利絵との結婚の意思はないこと、愛実がどれほど素晴らしい女性かを伝えた。

それとまだ俺の片想いで相手からは返事をもらっておらず、いい返事がもらえたらちゃんと紹介すると言ったら、楽しみにしていると言ってくれた。

当然父は早瀬副社長の話を聞いても、毅然とした態度で口を開いた。

「私も昔は優馬と麻利絵ちゃんが一緒になってくれたらと願ったよ。しかし結婚は当人たちの気持ちがあって成立するものだ。私は優馬の気持ちを尊重したい。……だから優馬に麻利絵ちゃんとの結婚の意思がない以上、今後はこの話を出さないでくれ」

「しかしっ……！」

「話は以上だ」

話を終わらせ、父は会議室から出ていった。俺もすぐに父を追いかけていく。

「社長」

お礼が言いたくて廊下で父を呼ぶと足を止め、ゆっくりと振り返った。

「えっ？」

「気長に待っているつもりだったが……今度、お前の大切な女性を家に連れて来なさい」

思いもしなかった父からの提案に目を見開く。

「昨夜は家に戻らなかったと聞いている。……お前の気持ちは彼女に届いたのだろう？　今回のプロジェクトに並々ならぬ思いがあったのは、彼女の仕事ぶりにお前がいい影響を受けたからだと感じた。お前をそこまでやる気にさせた女性に早く会ってみたい。だから近々連れて来い」

「父さん……」

どうやら父にはすべてを見透かされていたようだ。我が社にとっても大きなメリットがあったが、やはりサクラバ食品を助けたいという思いもあった。

もちろん損失しか見込めないとなれば、企画を進めようとは思わなかったが、どうにか勝算が見込めないかと考えたのも事実。

愛実が誇りを持って働くサクラバ食品が、たったひとりの人間が起こした事件のせいで終わりを迎えてほしくなかったからだ。

「わかったよ、必ず紹介する」

「あぁ」

そのためにはやらなくてはいけないことがある。両親に紹介する前に大切なことが。

この日の仕事終わり、向かった先はジュエリーショップ。愛実と気持ちが通じ合えたらすぐに訪れようと思っていた場所だ。早く俺のものだという証《あかし》を贈りたかった。

昨夜、愛実が寝ている間に指のサイズは測ってある。ショーケースの中から彼女に似合う指輪を悩みながらも選び、無事に購入することができた。

そして夜に愛実に連絡をしたところ、明日には福島に行くと言う。プロジェクトは大詰めを迎えているが、一方の桜葉は、まず社内の立て直しに取りかからなくてはいけないことから、東京に一度戻ると言っていた。

ということは、戻ってからもしばらくは忙しない日々だろう。無理せずに落ち着いたら会おうと伝えた。

それからお互い仕事に追われながらも、毎日連絡は取り合っていた。電話ではもちろんメッセージでも愛の言葉を囁けば、最初は恥ずかしがりながらも、愛実も気持ちを言葉にして伝えてくれるようになった。

そうなるとますます愛実に会いたい気持ちが大きくなっていった。


愛実と会うことができたのは、最後に会った日から一ヵ月以上が過ぎてからだった。

その間、様々なことがあった。サクラバ食品との共同プロジェクトは本格的に始動し、一度目の打ち合わせを終えた。

プロジェクトの発表をするとメディアで大々的に取り上げられ、消費者からは期待の声が上がっている。それにサクラバ食品には多くの励ましのメッセージも届いているそう。

両社ともに士気が高まっており、なんとしても成功させたい。

海外への商品展開を進めながら、国内でのプロジェクトも同時進行していくのは容易なことではなかったが、桜葉も俺も周りに力を借りながら順調に進めていった。

父がはっきりと言ってくれたとはいえ、もしかしたら早瀬副社長がなにか言ってくるかもしれないと危惧していたが、それは杞憂《きゆう》に終わった。

あれから早瀬副社長はプロジェクトに対してなにも言ってくることはなく、麻利絵の話もいっさいしなくなった。

麻利絵からもなんの音沙汰もない。少し前に公の場で彼女を見かけたが、俺と目が合っても気まずそうに逸らしただけだった。

父曰《いわ》く、早瀬副社長はやっと俺と麻利絵の結婚は望めないと理解したようで、麻利絵の嫁ぎ先探しに奮闘していたらしい。

麻利絵は最初はそんな早瀬副社長に対して反発したようだが、無理やり進めた見合いの席で彼女は相手と意気投合し、早々と結婚話が進んだとか。

相手はメガバンクの御曹司とのことで、調子がいい早瀬副社長はすっかり上機嫌だ。

つい先日、麻利絵の結婚式の日取りが決まった際は、俺にもぜひ参列してほしいなどと言ってきた。

あまりの切り替えの速さに拍子抜けしてしまったが、どんなかたちであれ、妹のような存在だった麻利絵が幸せになってくれるならいい。

そして愛実から聞いた話によると、桜葉と汐里さんの結婚が決まったという。なんでもすでに家族ぐるみの付き合いをしており、桜葉の両親が結婚に乗り気のようだ。

少し前に桜葉からも直接報告の連絡が入った。本人たちそっちのけで式場まで決めてきて前のめりな両親に困っていると言っていたが、彼の声はまったく困ってなどいなかった。

幸せでたまらないといった様子で、聞いていると茶化してやりたくなった。

最後に結婚式には如月とふたりで出席してくれと頼まれ、俺もなんとしてもプロポーズを成功させるべく、計画を立ててきた。

仕事が終わり、真っ直ぐに愛実を迎えに向かった。

プロポーズの場所に選んだのは、初めて出会ったバーがあるホテルのイタリアンレストラン。

店内を貸し切りにし、店側にも協力してもらい様々なサプライズを用意している。

サクラバ食品の地下駐車場に車を停めて待つこと二十分。サイドミラー越しに走ってくる愛実が映り、車から降りて彼女を出迎えた。

「すみません、優馬さん。お待たせしてしまって」

「お疲れ様。走ってこなくてもよかったのに」

会うのは気持ちが通じ合った日以来。忙しない日々だったのだろう、少し痩せた気がして心配になる。

「あの……」

「ん？　どうした？」

愛実は俺の様子を窺いながら、ゆっくりと話し出した。

「いつもは言えずにいたんですけど、仕事終わりに会うたびに優馬さんから〝お疲れ様〟って言ってもらえたの、すごく嬉しかったんです。だからありがとうございます」

ありがとうだなんて――。仕事終わりで疲れているにもかかわらず、俺に会いに急いで来てくれているのがわかったから何気なしにかけていた言葉だった。

「あ、だから私も言いますね！　優馬さん、お仕事お疲れ様でした。お疲れなのに迎えに来てくれてありがとうございます」

どこまでも真面目で素直な愛実が、愛おしくてたまらないよ。

「こちらこそ疲れているのに会ってくれてありがとう。……こんな風に、これからも愛実にお疲れ様と感謝の言葉を言い続けるよ」

「私も言い続けます」

そう言い合って、どちらからともなく笑みが零れる。

久しぶりで、なにより気持ちが通じ合ってから初めて会う。愛実は緊張しているかもしれないと思ったが、そうでもなさそうで胸を撫で下ろす。

「どうぞ」

「ありがとうございます」

助手席のドアを開けると、愛実は俺とシートに置かれたバラの花束を交互に見た。

驚く姿も可愛いと思いながら花束を手に取った。

「愛する女性に花を贈りたくて途中で買ってきたんだ。受け取ってくれる？」

そっと差し出すと、愛実は「もちろんです」と言って花束を手に取る。

「私、花束をもらったの生まれて初めてです」

「それはよかった。これから先も俺以外の男から花束をもらうなよ」

すると愛実はクスリと笑った。

「優馬さん以外に、私に花束を贈ってくれる男性などいませんよ」

「そんなわけがないだろ？」

愛実は自分がどれほど魅力的な女性なのか、自覚が足りなすぎる。

顔を綻ばせる彼女を愛おしく思いながら助手席に乗せて、車を走らせた。

到着したホテルを見て、愛実は驚いていた。だけどホテル内のイタリアンレストランを、久しぶりに愛実とゆっくり会って話がしたいから貸し切りにしたと伝えたところ、もっと驚いていたが。

「こんな素敵なレストランを予約してくれたのは嬉しいですけど、でも貸し切りはやりすぎです。今後は絶対にしないでくださいね」

「わかったよ」

一生に一度のプロポーズだから誰にも邪魔されず、ふたりっきりの時間を過ごしたかったんだ。

次々と運ばれてくるコース料理はどれも美味しく、離れて過ごしていた間の話で盛り上がっていく。

「前に母のリハビリの先生が汐里さんだってお話ししましたが、結婚を機に汐里さんは以前勤めていた東京の病院に戻られるそうなんです。それを知って母は大変悲しんでいて……。だから冗談交じりにお母さんも東京に来たら？と伝えたところ、乗り気になっちゃって」

俺が知らない間に愛実は母親との仲を深めていたようで、あれほど地元に拘《こだわ》っていた母親が、残りの人生は愛実とともに過ごしたいと言っていたそう。

それをどこか嬉しそうに俺に話してくれた。

汐里さんともメッセージアプリの連絡先も交換して、交流を続けているようだ。汐里さんとのやり取りにはまだ迷い、悩むことも多いようだが、少しずつ仲を深めているそう。

汐里さんが東京に来たら会う約束をしたとも話してくれた。次にまた母親とのやり取りを意気揚々と話す愛実を見ていたら、自分のことのように嬉しくなる。

「俺は新婚生活にお義母様がいてもかまわないぞ」

「母から早々に、東京には行くけど、私たちの新婚生活を邪魔するつもりはいっさいないと言われてしまいました。だけど、私たちの近くで暮らしたいと言われて。……いいですか？」

俺の様子を窺いながら聞いてきた愛実に対し、俺はすぐに首を縦に振った。

「もちろん。だけどそうか、愛実はそんなに俺と早く結婚したいんだな」

「え？　決してそのようなことは一言も言っていませんよね？」

「いや、新婚生活とか私たちの近くでって言っただろ？」

「それは言いましたが……」

途端に口籠もる愛実も本当に可愛くてたまらない。何気ない仕草にもさらに好きにさせられているよ。

その後も他愛ない話で盛り上がり、料理もデザートを残すのみとなった。すると打ち合わせ通りスタッフは店内の照明を落とした。

「え？　どうしたんですか？」

突然の停電に驚く愛実に「大丈夫だ」と声をかける。少しして蝋燭《ろうそく》をつけたケーキをワゴンにのせてスタッフが運んできた。それを愛実の前に置く。

「え？　……えっ？」

何度も俺と〝Marry Me〟とデコレーションされたケーキを見る愛実のほうに向かい、跪《ひざまず》いた。すると店内の中央にあるグランドピアノで、ウエディングソングが奏でられる。

俺はポケットから取り出した指輪の箱を開けて、彼女に差し出した。

「愛実との出会いは運命だった。一瞬にして心を奪われ、愛実の不器用な優しさや、真摯に仕事に取り組む姿勢、愛らしい一面を知るたびに今もさらに好きになっている。この先も俺はずっと愛実に恋し続ける自信がある」

「優馬さん……」

愛実の目は赤く染まっていき、次第にポロポロと涙が零れ落ちた。

まいったな、泣かせるつもりはなかったのに。

「この先の未来、すべてのことから愛実を守り、誰よりも幸せにすると誓う。……如月愛実さん、俺と結婚してくれませんか？」

愛実以上に胸を熱くさせられる相手とはこの先、絶対に出会うことができないだろう。それほど好きでたまらないんだ。

すると次の瞬間、愛実は勢いよく俺に抱きついた。

「……はい！」

俺の腕の中で返事をした愛実は、顔を上げて愛らしい笑みを向けるものだからキスしたい衝動に駆られる。

必死に理性を抑えていると、店内の明かりが灯《とも》ると同時にスタッフから大きな拍手が送られた。

そこで周りに人がいたことに気づいたのか、愛実は恥ずかしそうに俺の胸に顔を埋めた。

「なにを今さら恥ずかしがっているんだ？」

「こういうことには慣れていないので、恥ずかしいに決まっています」

「そうか」

優しく彼女の背中を撫でてから耳に顔を近づけた。

「それじゃ早く店を出よう。……早くふたりっきりになりたい」

そろそろ我慢の限界だ。愛実への気持ちを自覚してから、何度彼女に触れたいと願ったか。

初めて一夜をともにした時と同じ部屋を予約していた俺は、はやる気持ちを抑えて、彼女とともに協力してくれたスタッフにお礼を告げ、店を出てエレベーターに乗った。

先に愛実を部屋に入れてドアを閉めると同時に、背後から彼女を抱きしめた。

香水をつけていないのに、いつも彼女からは甘い香りがして、それが俺の理性を何度崩しそうになったか。

愛実の胸の鼓動の速さが伝わってきて、俺にまで伝染する。

「あ、あの……優馬さん？」

戸惑いながら俺を呼ぶ愛実をさらに強く抱きしめた。

「ずっともう一度愛実に触れられる日を待っていた。悪いけど今夜は覚悟して。ひと晩中愛実は俺のものだって証を刻むから」

そっと耳にキスを落とし、首筋に何度も口づけをしていく。すると愛実は甘い声を漏らすから可愛くてどうにかなりそうだ。

「じゃあ……優馬さんも覚悟してください」

「えっ」

キスを止めると、振り返った愛実がそっと俺の唇にキスをした。

まさか愛実からキスをされるとは夢にも思わず、目を見開く。そんな俺を見て彼女は頬を緩めた。

「私もどれだけ優馬さんを好きか、めいっぱい伝えます。……だからまた私に愛される幸せをたくさん教えてください」

なんだ、それ。どうして愛実はそんなにも俺を煽《あお》るのがうまいのだろうか。

「そんなの、いやになるほど教えてやる」

言葉通りに俺は愛実が「もう無理です」と言うほどに何度も身体を繋げ、愛の言葉をひと晩中囁き続けた。

「無理させて悪かったな」

俺の腕の中でスヤスヤと気持ちよさそうに眠る愛実の髪を撫でながら、幸せな気持ちで満たされていく。

正直まだ足りないくらいだが、さすがにこれ以上は無理をさせられない。

彼女の左手薬指に光る指輪を撫でながら、未来に思いを馳せる。

愛実にはこれからも仕事を頑張ってほしい。彼女の頑張る姿に俺も刺激を受け、さらに精進しなければという気持ちにさせられるから。

そのためにも彼女を支えたいと思うし、どんなことでも力になりたいと思う。

「まずは俺が愛実を支えられるほどの男にならないとだな」

それまで待っていてくれと言うべきなのかもしれないが、俺には無理だ。早くすべてにおいて愛実を自分のものにしたいから。そのためにも早く両親に愛実を紹介しよう。

きっと両親は愛実を温かく出迎えてくれるはず。以前、父は愛実の仕事ぶりに感心していたくらいだ。それに母だって愛実を気に入るはず。そう思っていたのだが……。

愛実にプロポーズした日の週末。実家で愛実を紹介したところ、歓迎する一方で父から愛実に思いがけない言葉を投げかけられた。

「結婚したら仕事を辞め、家庭に入って優馬を支えてやってください」と——。

私が彼とともに歩みたい未来

「……月。如月」

私を呼ぶ副社長の声に我に返り、パソコン画面から顔を上げると、いつの間にか目の前には副社長が立っていた。

「明日の会議の資料はできているか？」

「あ……申し訳ございません。できております。副社長にメールでお送りしたことを伝え忘れていました」

慌てて立ち上がって謝罪すると、副社長は眉尻を下げた。

「わかった。……それよりもここ最近様子がおかしい気がするが、どこか具合でも悪いのか？　だったら無理せずに言ってくれ」

優馬さんの実家に挨拶に伺ってから三日が過ぎたが、なかなか仕事に身が入らずにいた。さすがに副社長に気づかれていたようで、それを体調不良だと勘違いさせてしまって申し訳なくなる。

「いいえ、本当に大丈夫なので。……ご心配をおかけしてしまい、すみませんでした」

　そう伝えたが、副社長は心配そうに私に訊ねてきた。

「それなら風祭となにかあったのか？　あいつとは旧知の仲だ。俺でよければいつでも話を聞くから遠慮なく言ってくれ」

「副社長……」

　本当に彼は誰もが憧れ、尊敬する上司像そのものだ。こうして部下の私を色々と気遣ってくれるのだから。

「ありがとうございます。その時はよろしくお願いします」

「あぁ」

　話が話だけに副社長には相談できそうにないが、彼の気持ちが嬉しい。

「そろそろ十五時になりますし、珈琲をお淹れしましょうか？」

「そうだな、頼む」

「かしこまりました」

　副社長室に戻っていく彼の背中を見送り、自分は給湯室へと向かった。

　珈琲を淹れながら考えてしまうのは、優馬さんのお父様に言われた言葉。

　優馬さんは風祭フーズの後継者だ。今、サクラバ食品と進めているプロジェクトが成功したら、ますます彼は後継者としての地位を固めていき、忙しくなるだろう。

それを知っているからこそ、家庭に入って優馬さんを支えてほしいと言ったのだと思う。

だけど私の中で結婚イコール家庭に入るという方程式はなく、結婚後も仕事を続けながら優馬さんを支えていくつもりだった。

彼も同じ気持ちだとばかり思っていたけれど、もしかしたら違ったのだろうか。

お義父様に言われてもすぐに答えることができなかった私を見て、「俺は愛実に結婚後も仕事を続けてほしいと思っている」とフォローしてくれたが、それが彼の本心かはわからない。

あの場面では私の味方をするしかなかったのかもしれないから。

するとお義父様は「仕事を続けたいなら風祭フーズに転職して、公私ともに優馬を支えてくれ」と言われた。……それが最善の策なのかもしれない。

でも私はすぐに返事をすることができず、考えさせてほしいとしか言えなかった。

珈琲を注ぎ、副社長室へ向かう。私が送った資料に目を通す彼のデスクにそっとカップを置いた。

「ありがとう」

「いいえ。なにかございましたらお声かけください」

「あぁ、わかった」

社長から支えてほしいと言われた日からずっと、副社長とともに仕事を続けてきた。

彼の仕事ぶりを誰よりも近くで見て、副社長がどうやってサクラバ食品を大きく成長させていくのか楽しみでもあった。

そんな彼を支えたいとも思ったし、大宮さんにはまだまだ教えてもらいたいことがたくさんある。泉川君とも、これからも同期として切磋琢磨していきたい。私にはサクラバ食品でやりたいことがまだたくさんあるんだ。

自分のデスクに戻り、仕事を再開させるもすぐに手が止まってしまう。

だけどそれは私のワガママで、優馬さんとこの先もずっと一緒にいるためには、多くを望んではいけないのかもしれない。

すっかり手が止まる中、内線がかかってきて我に返る。受話器を取って、今は仕事中と自分に言い聞かせた。

定時を十五分過ぎた頃、副社長は慌ただしく会社を出ていった。それというのも今日は甥っ子様の翼君と一緒にゲームをする約束をしているそう。

ここ連日の激務で一緒に過ごす時間がなく、翼君が寂しがっていたらしい。

仕事とはいえ、少しは翼君との時間を作ればよかったと後悔した副社長は、翼君と帰宅後にゲームをしようと約束したら、大喜びしていたとか。

だけど、少しでも遅れたら怒るからね！とも言われたそうで、急いで帰り支度をする副社長はまるで父親のようで、微笑ましかった。

彼を見送り、私も残りの雑務を終えて片づけ作業に入る。

優馬さんは今週よりプロジェクトが始動し、忙しそうだった。二社合同でのプロジェクトの責任者に抜擢《ばってき》されたようで、この三日間は休憩もろくに取れていないとか。

彼の身体が心配になって聞いても、大丈夫としか答えは返ってこなかった。

会えないのは寂しくもあるけれど、でもお義父様への答えを保留にしているため、ひとりで考える時間ができてよかったのかもしれない。

戸締まりを済ませて廊下を進み、エレベーターに乗る。一階に着くと数機のエレベーターからは多くの社員が降りてきた。

「あれ、如月？　お疲れ、今日は早いんだな」

背後から声をかけてきたのは泉川君だった。

「お疲れ様。泉川君こそ早いじゃない」

「あぁ。仕事してこようかと思ったんだけど、なんかやる気が出なくてさ」

社内を歩いていると、以前はよく陰口を言われていた。今は、横を通り過ぎる社員から嫌な目線はまったく感じない。

副社長の結婚が決まり、優馬さんが我が社のプロジェクトチームに私との仲をほのめかしているようで、私と優馬さんの婚約は本当の話だったと一気に社内に広がった。

私と副社長の仲を疑う声はなくなったが、競合の御曹司である優馬さんとの婚約に、新たに嫉妬や僻《ひが》みを言われるかもと覚悟をしていた。

しかし、一緒にプロジェクトを進める社員が優馬さんの人柄を周りに漏らしているようで、それが多くの人に広まり、心配していた事態は起きていない。優馬さんが私に対する想いもスタッフに零したことがあったらしく、そのおかげかむしろ社内は祝福モードで少し戸惑うほどだった。

肩を並べて玄関へと向かう中、彼は声を潜めた。

「ほら、静香さん明後日《あさって》まで帰ってこないだろ？　五日間も会えないとモチベーションも上がらなくてさ」

そういえば会長は静岡《しずおか》に出張に出ている。それに大宮さんも同行していた。

「一日でも会えないとやっぱり寂しいな」

本当に泉川君は大宮さんのことが大好きなのだと伝わってきたから、そんな彼にこそ聞いてみたくなった。

最寄り駅へと向かう道中、そっと彼に訊ねた。

「ねぇ、泉川君はいずれ大宮さんと結婚するつもりでしょ？」

「当たり前だろ？　俺は今すぐに結婚してもいいくらいだ」

予想通りの答えに笑みが零れる。だからこそ聞きたくなった。

「泉川君は結婚後も大宮さんに仕事を続けてほしい？　それとも家庭に入ってほしい？」

「それはもちろん静香さんに一任するよ」

「えっ？」

予想とは違った答えに少しばかり動揺してしまう。てっきり私は大宮さんに仕事を続けてほしいって言うと思っていたから。

「静香さんが仕事を続けたいなら俺も協力して、できる限り応援するし、家庭に入りたいなら今よりもっと稼いで静香さんに苦労させないように努力するだけ。結婚することによってどちらかが我慢したり、やりたいことができなくなったりするのはおかしいと思うんだ」

目から鱗だ。でも彼の言う通りだ。……結婚したからといって自分の人生を諦めなくてもいい。だって私の人生は私だけのものだから。

「なに？　そんなことを聞くってことはまさか、風祭フーズの御曹司に結婚したら仕事を辞めろって言われているのか？」

「まさか。そんなこと言われていないよ」

すぐに否定するが、泉川君は疑いの目を向けた。

「如月は相手に確認せず、自己完結するところがあるからな。自分だけが犠牲になればいい、我慢すればいいって思うことが多いだろ？　それ、マジで直したほうがいいぞ」

優馬さんにも以前、同じようなことを言われた。まさか泉川君にも私の性格を見抜かれていたとは驚きだ。

優馬さんと出会ってからは、以前よりも素直な思いを伝えることができるようになってきた。そのおかげで母との関係も良い方向に向かっているし、優馬さんに対しても私なりに自分の思いを伝えられる機会が増えてきたと思っている。

しかしいまだに臆病になって相手の気持ちを確かめることができず、そのままにしてしまったり、自分だけが嫌な思いをすれば解決するならそれでいいと思ったりしてしまうことがよくある。

今回のことだってそうだ。優馬さんはちゃんとご両親に私に仕事を続けてほしいと言ってくれたのに、本心は違うのかもしれないと勝手に疑って悩んでいるのだから。

だけどそれは、相手が優馬さんだから。彼のことが好きで大切だからこそ臆病になってしまうのかもしれない。

「ありがとう、泉川君」

「えっ！　なんだよ、いきなりお礼を言うとか。びっくりするだろ」

素直になって感謝の言葉を伝えたというのに、泉川君は信じられないと言いたそうに私を見る。

「もしかしてまたなにか俺が悪さをしたみたいに静香さんに言ったのか？　それでありがとうなんて、如月らしからぬことを言ったんじゃないだろうな」

彼はいったい私のことをなんだと思っているのだろうか。そもそも悪さをしたという心当たりでもあるとか？

「泉川君にはいつも感謝しているからありがとうって言っただけよ。それとも大宮さんに言われたらまずいようなことをしたの？」

「いや、していないけど……」

「だったら疑うなんてひどいじゃない」

間髪を容《い》れずに言ったら、泉川君はタジタジな様子。

「うっ……。それは悪かった。でもいつもは言わないからさ。……まぁ、今さらありがとうなんて照れくさくて言えないか」

「えぇ」

だけど今日は泉川君と話すことができて、本当に感謝している。ちゃんと優馬さんと話をして、今の自分の気持ちを言おうと思えたし、私が優馬さんとともに歩みたい未来も思い描くことができた。

「じゃあこの機会に俺も言うぞ」

前置きすると泉川君はわざとらしく咳払いをした。

「如月が同期で本当によかった。お前のおかげで今の俺の幸せがあるんだ。静香さんとのことでは世話になったし、仕事の愚痴もなんでも言い合える関係でいてくれてありがとうな」

たしかに改めて言われると嬉しい反面、恥ずかしさもあってなんて言ったらいいのかわからなくなる。すると沈黙に耐えられなくなった彼が「なにか言えよ!」と突っ込んできた。

「ごめん、なんか恥ずかしくなっちゃって」

「それを言われた俺のほうがもっと恥ずかしいわ」

なんて言い合いをしたところで、お互い可笑しくなって笑ってしまった。

「まぁ、あれだ。これからも俺は如月とは同期としてサクラバ食品で切磋琢磨していきたいと思っている。あ、俺と静香さんの結婚式では絶対にお前に友人代表スピーチを頼むから覚悟しておけよ」

「ありがとう。じゃあ今からどんな挨拶をするべきか考えておかないと」

「そうだぞ」

その時は同じ職場の仲間として出席したい。私の気持ちは決まった。だからこそ優馬さんとできるだけ早く会って話をしないと。

帰宅後、さっそく優馬さんに話がしたいと連絡をした。


彼に会うことができたのは、連絡をしてからその次の週末。あっという間に夏が過ぎ、秋の気配が近づいてきた土曜日の昼に、彼を私のマンションに招待した。

忙しい毎日を送る彼を少しでも労わりたくて、手料理を振る舞ってもいいかと聞いたところすごく喜んでくれた。

とはいっても、料理は人並み程度でそれほど期待してほしくないところだが、私が作ってくれるだけで嬉しいと言われたら、美味しいものをご馳走したくなった。

しかし私の料理のレパートリーなどたかが知れている。その中で自信があるのはオムライスだった。

彼が来る時間に合わせて調理を進めていく。オムライスの他にトマトスープとサラダを作ってみた。

すると時間ぴったりにインターホンが鳴った。相手を確認すると優馬さんで、急いで玄関の鍵を開けた。

「お邪魔します」

「はい、どうぞ」

こうして彼を自宅に招き入れるのは二回目。しかしあの時は泣きっぱなしで、眠気も強かったから、ただ一緒に寝ただけだった。

「いい匂いがする」

「簡単なものですけど、作ってみました。作り立てなのですぐご飯にしてもいいですか？」

「もちろん。嬉しいよ、ありがとう」

リビングに案内するとすぐに彼は「手伝うよ」と言ってキッチンに入ってきた。

「すみません、じゃあ料理を運んでいただいてもよろしいですか？」

「あぁ」

私が盛り付けた料理を彼がテーブルに並べていく。こうして休日の昼に一緒に過ごしているのが不思議に思える。でも結婚したらこれが当たり前になるのだろうか。

すべての料理を並べ終え、向かい合うかたちで腰を下ろした。

「いただきます」

両手を合わせてさっそく彼はオムライスを頬張る。

「どうでしょうか？」

優馬さんの反応が気になって手が止まる。

「ん、最高に美味い」

満面の笑みで言った彼の言葉に、ホッと胸を撫で下ろした。

「よかったです」

「お世辞抜きに本当に美味しいよ。卵はトロトロでデミグラスソースがまたよく合う」

「デミグラスソースは母から教えてもらったものなんです。母も聞いたらきっと喜びます」

「そうか。じゃあ今度お会いしたら伝えないとな」

些細な話で笑い合い、和やかな時間を過ごしていく。

優馬さんは何度も「美味しい」と言ってくれて、綺麗に完食してくれた。さらに片づけまで手伝ってくれて、ふたりで並んでキッチンに立って洗い物を済ませた後は、食後の珈琲を飲んで一息ついた。

ソファに座って珈琲を飲みながらなにか映画でも見ようかという話になった時、私から切り出した。

「優馬さん、今、いいですか？」

改めて言った私に察した彼は、カップをテーブルの上に置いた。

「あぁ。話をしようか」

聞く態勢に入った彼に、順を追って話をしていった。

「この前、お義父様に聞かれた答えをずっと考えてきました。……やっぱり私は仕事が好きで、サクラバ食品で働くことが好きなんです。副社長の成長を今後も一番近くで見守り、会社で出会えた頼もしい仲間とこれからも切磋琢磨していきたい」

彼は口を挟むことなく、頷きながら私の話に耳を傾ける。

「私は優馬さんと結婚しても、今の仕事を辞めたくありません。仕事を続けることで優馬さんを支えられることもあると思うのです。夫婦になっても優馬さんとは、お互いの人生を尊重する関係でいたいんです」

私の話を聞き、優馬さんは優しい声色で「それでいい」と言ってくれた。

「愛実の人生は愛実のものだ。俺は愛実の気持ちを尊重するし、最初から家庭に入ってほしいと望んでいない。むしろ仕事を続けてほしいよ。愛実が頑張っていると、俺ももっと頑張らないとって思わされるんだ」

「優馬さん……」

ちゃんと言葉にして自分の思いを伝え、彼の本音を聞くことができてよかった。

「父さんも最初は反対するかもしれないけど、きっとそのうち俺たちを応援してくれる日がくると思うんだ。夫婦になっても、ライバル会社に勤めていたっていいと思う。それが俺たちらしいと思わないか？」

「はい、思います」

お互い仕事に誇りを持っているからこそ、今のままで支え合っていけばいい。

「優馬さん、明日にでもお義父様たちにお会いできますか？」

「え、随分と急だな」

私の提案に驚く優馬さんに、自分の思いを伝えていく。

「そうは言ってもだいぶ答えをお待たせしています。一刻も早くお伝えしたほうがよろしいかと思いまして」

「……たしかにそうだな」

私の話を聞き、優馬さんは柔らかい笑みを浮かべてそっと私の髪を撫でた。

「聞いてみるよ」

「ありがとうございます」

彼に髪を撫でられるとくすぐったいのに、もっと撫でてほしいと望んでしまう。気づいたら自ら彼の肩に頭を乗せ、体重を預けていた。

「なに？　愛実が甘えたモードとか珍しいな。そんなことされたら可愛すぎて父さんに電話できないんだけど」

「え？　あ、ごめんなさい！」

我に返って慌てて離れると、優馬さんは残念そうに「べつに離れなくてもいいのに」と言う。

「まぁ、明日までずっと一緒にいられるし、今は我慢して父さんに連絡をするよ」

「……え？」

てっきり夜までは一緒に過ごしても家に帰ると思っていたけど、違うの？　でも明日の朝まで一緒にいられるのは嬉しい。

お義父様に確認してもらったところ、明日午前中なら空いているとのことで、十時に伺わせてもらうことになった。

「さて、約束も取り付けたことだし、そろそろ愛実を食べてもいい？」

「食べてって……私は食べ物ではありませんよ？」

「いや、愛実は甘い香りがするから食べ物のようなものだよ」

ゆっくりと顔が近づいてきて、そのスピードに合わせて瞼を閉じれば唇に温かな感触が触れた。

再び目を開けると、愛おしそうに私を見つめる彼がいる。

「今から明日の朝までずっとベッドの中で過ごそうか」

「え！　そ、それはさすがに明日に響くので困ります」

そうでなくてもプロポーズされた日の夜はひと晩中抱かれ、次の日はお昼まで動けなかったのだから。

「大丈夫、ちゃんと手加減するから」

「本当ですか？」

「あぁ」

そう言うと優馬さんは軽々と私を抱き上げた。

「今日はゆっくりじっくりと、愛される幸せを教えてやる」

「ゆっくりじっくりですか？」

返事をする代わりに彼はそっと私にキスを落とす。そのまま寝室に連れて行かれ、宣言通りに恥ずかしくなるほどゆっくりじっくりと甘やかされたのだった。


次の日、優馬さんとふたりで彼の実家へと向かった。

以前のように温かく出迎えてくれたご両親は、結婚式などの話を振ってきた。その様子から結婚自体には反対されていないのが窺えた。

とくにお義母様は私と優馬さんの結婚に前のめりで、すでに式場もいくつかピックアップしたと言ってパンフレットを見せられて驚いた。

そんな和やかな雰囲気の中でいつ例の件を切り出そうかと様子を窺っていると、お義父様が申し訳なさそうに話し出した。

「この前、お会いした時に謝罪するべきだったのだが、早瀬副社長の件では愛実さんに嫌な思いをさせて悪かったね」

「いいえ、そんな」

お義父様が頭を下げるものだから、恐縮してしまう。

「麻利絵ちゃんからもひどいことを言われたと聞いた。この先会う機会があったとしても、ふたりにはもう二度と愛実さんに嫌な思いをさせないよう釘をさしておいたから、安心してほしい」

「……はい」

これもきっと優馬さんが強く言ってくれたんだよね？

チラッと隣を見ると、目が合った優馬さんは小さく頷いた。

「他に結婚に対して、不安に思っていることなどはないだろうか。この機会に聞かせてほしい」

間違いなくお義父様はこの前の答えを催促しているのだろう。せっかくお義父様から切り出してくれたんだ。しっかりと自分の気持ちを伝えよう。

とはいえ、緊張がはしる。すると優馬さんがそっと手を握ってくれた。びっくりして再び彼を見たら、「俺がついている」と口を動かした。

そうだ、隣には優馬さんがいる。お互い同じ気持ちなのだから臆することなく伝えればいい。

小さく深呼吸をして彼のご両親と向き合った。

「お義父様は結婚したら私に家庭に入るか、風祭フーズに転職することをお望みですよね」

「あぁ、そうだ。それだけ優馬の立場はつらく、大変なものだ。だから私も妻に随分と助けられた。愛実さんにも妻のように献身的に優馬を支えてほしい」

厳しい口調で言うお義父様に対し、自分を奮い立たせた。

「お言葉を返すようですが、優馬さんは私が支えなければまともに仕事ができない方なのでしょうか？」

「なに？　どういうことだね」

少しだけ大きな声で聞き返してきたお義父様に、自分の思いをぶつけていく。

「もちろん優馬さんを会社で支える方は必要だと思います。しかしそれは、これまで切磋琢磨してきた仲間が適任ではないでしょうか。私としましては、同じ目線で仕事に向かうことで彼を支えたいと思っています」

私も彼と出会い、人となりを知っていく上で、優馬さんがそばにいてくれるなら私はもっと頑張れると思った。きっと優馬さんも同じ気持ちだと信じている。

「それに私は、自分の仕事に誇りを持つ優馬さんだから好きになったのです。……きっと優馬さんも同じだと信じています」

とは言いながらも不安になって彼を見れば、すぐに答えてくれた。

「俺も同じ気持ちだ。仕事に誇りを持っている愛実だからこそ好きになった。それに夫婦になったとしても、お互いの人生がある。ふたりとも夢を抱いて取り組むことで高め合っていけると思うんだ」

「私もそう思います。……たしかに普通の夫婦ではないかもしれません。でもこれが私たちの理想のかたちなんです。これからもふたりで切磋琢磨して成長していくためにも、私はサクラバ食品を退職する気はございません」

はっきりと意思表示をすると、お義父様は深いため息を漏らした。

「それなら私が結婚を反対すると言ってもか？」

「はい。その時は賛成していただけるまで、何度も自分の思いをお義父様に伝え、説得するまでです」

迷うことなく言い放った瞬間、さっきまで厳しい表情をしていたお義父様は急に声を上げて笑い出した。

「アハハッ！　さすがサクラバ食品で最も優秀だと呼ばれるほどの女性だ。社内でも臆することなく私に意見できる者などいないというのに、実に素晴らしい」

え？　どういうこと？

突然笑い出したお義父様に私はもちろん、優馬さんも困惑している。しかしお義母様は最初から知っていたのか、笑いながら「主人が意地悪してごめんなさいね」と謝ってきた。

どういうことなのか理解が追いつかない中、お義父様は笑いをこらえながら説明してくれた。

「私としては優馬の妻になる女性には、芯の強さを望んでいてね。少し試させてもらったよ。……私も優馬には支えてくれるだけではなく、時には高め合っていける女性が合うと思っていた。まさに愛実さんは優馬の理想の相手だろう」

「それじゃ父さん、愛実が働き続けることに関しては反対していないのか？」

優馬さんが聞くと、お義父様は大きく頷いた。

「あぁ。今後も仕事に精進してふたりらしい未来を歩んでいったらいい。まぁ、愛実さんのような有能な秘書がうちに来てくれたら嬉しかったから、少しは残念に思うが」

「そうなの、主人ってば私に愛実さんがどれほど優秀な秘書なのかを熱弁してきてね。もし風祭フーズに転職してきてくれたら、優馬じゃなくて自分の秘書として働いてもらいたいなんて言っていたのよ」

「それはそうだろう。優馬には勿体ない」

そう話すふたりに、私と優馬さんは拍子抜けしてしまうも、次第に可笑しくなって笑ってしまった。

私、これからも仕事を続けることができるんだ。優馬さんとともに歩みたい未来に進むことができるんだ。

よかった、素直に自分の気持ちをぶつけて。本当によかった。

「改めて愛実さん、うちの愚息を愛実さんらしく支えてやってほしい」

「私からもよろしく頼むわ。あ、優馬だけじゃなくて私たちとも仲良くしてちょうだいね」

「そうだな、私たちにとっては念願の娘だ」

「えぇ」

おふたりに温かい言葉をかけられて、目頭が熱くなる。

「はい!」

一方の優馬さんはというと、「俺にはなにかかける言葉はないのか?」とふたりに聞いたところ、「せいぜい愛実さんの足を引っ張るな」「迷惑をかけないようにね」と言われていて、思わず笑ってしまった。

それから私たちの結婚の話は大きく進んだ。母が東京に引っ越してきたタイミングで両家の顔合わせを行い、結納を済ませた。

しかし挙式に関しては優馬さんが進めているプロジェクトが終わってからとなった。早くても半年後ということで、結婚式の準備期間としては十分だと余裕を持っていたのが間違いだった。

様々なことを決めなくてはいけないし、打ち合わせに次ぐ打ち合わせでこの半年間はあっという間に過ぎていった。

その間、先に副社長と汐里さんの挙式が執り行われた。翼君の愛らしさも際立った幸せいっぱいの式となり、私も早く優馬さんと結婚式を挙げたい気持ちが大きくなった。

汐里さんとは月に一度会う仲となり、私の結婚式の相談にも乗ってもらっている。今ではお互いに仕事や副社長、優馬さんそれぞれの愚痴を言い合える関係になっている。

母は汐里さんが勤める病院近くのマンションでひとり暮らしを始めた。私の会社からも近い距離にあり、頻繁に通って様子を見に行くことができている。

それに母は都会での暮らしも合っているようで、リハビリに励みながら地域のコミュニティやパーキンソン病患者の集いにも積極的に参加し、友達も増えて毎日が楽しいと言っていた。

優馬さんのご両親との関係も良好で、とくにお義母様とは月に一度はお会いして買い物や食事をともにさせてもらっていた。

優馬さんは忙しいのだから付き合うことはないと言っていたけれど、私も彼の母親であるお義母様と仲良くしたい。

それに優馬さんの幼い頃の話などを聞けて楽しいと言ったところ、あまり幼少期の恥ずかしい話を聞かないでくれと言われてしまった。

サクラバ食品は、風祭フーズとの共同プロジェクトが成功を収め、海外へ向けて開発した新商品の売上も好調だ。

それと同時にイメージも改善していき、事件前より業績を伸ばしている。

それには副社長の貢献が大きく、彼が会社のトップに立つ日もそう遠くないかもしれない。

忙しいながらも充実した日々を過ごす中で、優馬さんともお互い無理することなく会える時に会って愛を深めていった。

そして迎えた結婚式当日――。

純白のウエディングドレスに身を包み、私は母とともにバージンロードを歩いていく。その途中では大宮さんや泉川君、副社長と汐里さん、翼君といった多くの人たちから温かな拍手が送られる。

彼が言っていた通り、私と優馬さんは運命の出会いによって結ばれたのだと思う。だってこれほどに好きになれるのも、尊敬できるのも彼だけだと思うから。

きっと彼は運命の人なんだ。

「それでは誓いのキスを」

牧師の言葉に、永遠の誓いのキスを交わした私たち。その前に優馬さんは私にだけしか聞こえない声で「愛しているよ」と囁いた。

エピローグ

優馬さんと幸せな結婚式を挙げて一年半。

けたたましいアラーム音で私たちは目を覚ました。

「え、嘘、大変！　優馬さん、起きてください！」

確認したら、起きなくてはいけなかった時間より三十分も過ぎていて、目を疑った。

すぐに隣でぐっすり眠る優馬さんの身体を揺する。

「んー……愛実、もう一回しよう」

どうやら彼は昨夜の情事の夢を見ているのか、両手を伸ばして私の身体を引き寄せた。

「そんな冗談を言っている場合ではありません！」

思いっきり彼の額を叩けば、やっと目が覚めたようだ。

「優馬さん、大遅刻です。あと十五分で準備をしなければ迎えが来てしまいます」

彼は朝一で会議が入っているため、運転手がマンションに来る予定になっていた。

ちなみに私も今日から副社長と沖縄《おきなわ》へ二泊三日で出張となっており、優馬さんと同じ時間に家を出なければいけなかった。

寝ぼけていた彼も私の話を聞いてハッとなり、「やべっ」と言って慌ててベッドから飛び起きた。

「愛実、俺のほうが準備先に終わるから戸締まりしておく」

「ありがとうございます」

慌ただしく準備を進め、どうにか十五分で終えることができた。

玄関に立ち、顔を見合わせてため息が零れる。

「だから昨夜は早く寝ましょうって言ったんです」

「三日間も愛実に会えないいんだ。少しでも愛実のぬくもりを身体に刻んでおきたいと思うものだろ？」

「たった三日ですよ？」

「俺にとったら地獄の三日間だ」

なんて言い合いをしながらも、どちらからともなく口づけを交わす。

新婚生活が始まり、お互いできることは進んでやろうということになった。

そして朝は必ずキスを交わすこと。これは何年経っても、死ぬまで続けていこうと約束をした。

「いってらっしゃい、愛実。気をつけてな」

「はい。優馬さんもお仕事頑張ってください」

どんなにつらいことがあっても、優馬さんがいるから頑張ることができている。それはきっとこの先も変わらないだろう。

お互いに労いの言葉をかけて、今日も私たちは仕事へ向かう。愛する人を見送り、見送られて。それが私たち夫婦のかたち——。

番外編　私たち家族のかたち

優馬さんと結婚して二年が過ぎた頃、私の妊娠が発覚した。最初は激務だったから体調を崩しただけだと思っていた。

しかし、今まで体験したことのない吐き気や眩暈に襲われ、心配した優馬さんに付き添われて向かった病院で妊娠していると判明したのだ。

そこからは怒涛の日々だった。言うまでもなく優馬さんは大喜びをして、お義父様とお義母様、そして母も泣いて喜んでくれた。

最初はあまりに周りが大喜びするものだから妊娠しているという事実にゆっくり浸かることはできなかったが、徐々に自分のお腹の中には優馬さんとの愛する子どもがいると実感し、嬉しくてなぜか自然と涙が溢れた。

つわりも収まって安定期に入れば動いても支障はないというのに、心配性な優馬さんは忙しい合間を縫って私を毎日会社まで送迎し、副社長と顔を合わせれば「絶対に愛実に無理をさせるなよ」と釘をさす日々。

副社長をはじめ、大宮さんや泉川くん、秘書課のメンバーもみんな私の懐妊を喜んでくれた。周りの支えもあって、仕事を無事に引き継いで育児休暇に入ることができた。

優馬さんは、誰よりも私の身体を気遣い、父親としてできることはすべてやってくれた。

病院の定期健診はもちろん、マタニティ教室にもすべて付き添ってくれた。多くの育児書を読み漁《あさ》り、ベビーグッズを多すぎなくらい一緒に買い揃え、出産に向けて準備を進めてくれた。

お互いの親もまた初孫の誕生を待ちわび、マンションの一部屋がそれぞれから送られてきたベビーグッズで溢れた際は、さすがに双方に買いすぎだと注意したが。

だけど、これほど私と優馬さんの子どもを待ち望んでくれているのが嬉しくてたまらなかった。

大きな問題もなく無事に産休に入り、予定日を三日過ぎてとうとう会いたくてたまらなかった我が子と対面することができたんだ。


「可愛い寝顔」

二千六百グラムで元気に生まれた男の子を、私と優馬さんは空へと高く昇っていく龍のように、常に向上心を持って生きてほしいという願いを込めて龍也《りゅうや》と名づけた。

龍也との生活が始まって二ヵ月経つが、毎日がまるで嵐のようだった。

数時間おきに泣いて、何かしらを訴えてくる。そのなにかが最初はわからず、私のほうが泣きそうになった。

だけどそのたびに優馬さんが一緒に龍也の世話をしてくれて、ふたりでなぜ泣いているのか考えることによってつらい気持ちは軽減していった。

気持ちよさそうに眠る龍也を眺めていると、仮眠を取っていた優馬さんが起きてきた。

「悪かったな、愛実。交代するよ」

「大丈夫ですよ、今はぐっすりと眠っていますから」

すると優馬さんも私の隣に来て、龍也の可愛い寝顔を覗き込む。

風祭フーズでは着任後から優馬さんが主体となり、働きやすい職場作りの推進を図っているそう。

その中でも子育てに関する課題は山積みだったらしく、女性は出産後に復帰しても、子どもの都合で早退や、申し訳なさを感じながら欠勤するケースが多く、働きにくさを感じている女性が多かったとか。

保育所が決まらず、復帰できずに退職する人も多かったらしい。

海外でのノウハウを生かし、優馬さんは社内を改装して病児にも対応できるよう、看護師を配置した託児所を設置した。

その他にも男性の育児休暇も積極的に取得するように推進し、先陣を切って彼が半年間もの休暇を取ってくれたのだ。

そんな彼をますます尊敬するし、さらに好きにさせられた。

「あ、そういえば今度の日曜日、うちの両親が龍也を見てくれるって言っていたんだ。せっかくだからふたりで久しぶりに出かけないか？」

「え、でもいいのでしょうか？」

それでなくてもお義父様とお義母様は頻繁に我が家を訪れ、子育てを手伝ってくれている。その間に出産祝いのお返しを買いに行ったりさせてもらっていた。

「あぁ、ふたりとも龍也と過ごせるのを楽しみにしているんだ。任せたらいい。それに愛実のことも心配していたぞ？」

「私のことですか？」

「あぁ。愛実は真面目だから、根詰めていないかと何度も俺に聞いてくる」

そうだったんだ。心配させてしまって申し訳なく思うと同時に、嬉しくもなる。

母からもつい先日、無理していない？と心配する連絡があった。母親の先輩である母には妊娠中からなにかと相談にのってもらっていて、週に一回は龍也に会いに来てくれている。身体が思うように動けば、毎日でも龍也に会いに来て、私の手伝いをしたいとも言っていた。

しみじみと私は家族に支えられていると実感していると、優馬さんがわざとらしく咳払いをした。

「まぁ……なんだかんだ言いつつ、ただ俺が愛実と久しぶりにふたりで過ごしたかっただけなんだけど」

「えっ？」

隣を見ると、視界いっぱいに優馬さんの端整な顔が広がって目を見開いた。すると彼はクスリと笑う。

「どうして目を閉じないんだ？」

「どうしてって……それは優馬さんが急にキスをするからでしょう？」

「夫婦なんだから、キスするのは当然だろ？　それに愛する奥さんのことを心配するのも当然だ。……少し息抜きしよう。両親の言う通り、愛実はなんでも真面目にやりすぎ。少しは手を抜いたっていい。周りに助けてもらいながら俺たちのペースで龍也を育てていこう」

「優馬さん……」

優馬さんにはなんでもお見通しのようだ。たしかに出産してからというもの、龍也のことで頭がいっぱいで、彼がいなかったら精神がまいっていたかもしれない。

「じゃあお言葉に甘えて、今度の日曜日は優馬さんとデートをしてもいいでしょうか？」

私がそう言うと、彼は少し驚いた表情を見せながらもすぐに笑顔で頷いた。

「いいに決まってるだろ？　そうと決まれば愛実をとことん楽しませるデートコースを組まないとな。どこか行きたいところはあるか？」

行きたいところと聞かれても、すぐには浮かばない。でも……。

「優馬さんと行けるなら、どこでもかまいません」

今だって優馬さんと龍也と過ごせているだけで幸せなのだから。

思ったことを素直に言ったものの、すぐに恥ずかしくなってしまう。

「愛実、そんな可愛いことを言って恥ずかしがるとか、俺の心臓を止めたいのか？」

「はい？」

意味のわからないことを言い出した彼を見れば、オーバーに胸に手を当てていた。

「愛実が可愛すぎてつらい」

「なんですか、それ」

呆れながらもつい笑ってしまうと、龍也が目を覚まして泣き出した。

「どうした、龍也。あ、もしかしてママとパパが自分を置いてデートに行くからご立腹なのか？　だけどごめんな、今度の日曜日だけはパパにママを独占させてくれ」

すぐに優馬さんが抱き上げてあやすと、まるで彼の言葉を理解したかのように龍也は泣き止み、再び眠りに就いた。

「まるで本当に俺と愛実が出かけることに対して抗議をしたようだな」

「はい」

子育ては大変だけれど、嬉しいことや楽しいこと、こうやって驚くこともあったりする。

私たちは私たちのペースで龍也と向き合っていけばいい。それはきっと、仕事に復帰しても龍也が年頃になって反抗期を迎えても変わらない。

ふたりで話し合って解決していけばいいよね。そうすることで家族の絆《きずな》が強くなっていくはずだから。

END

あとがき

このたびは『天敵御曹司は愛を知らない偽婚約者を囲い堕《お》とす～一夜限りのはずが、カタブツ秘書は仕組まれた溺愛から逃げられない～』をお手に取ってくださり、ありがとうございました。

もしかしたら前作の『ふたりで姉の子どもを育てたら、怜悧《れいり》な御曹司から迸《ほとばし》る最愛を思い知らされました』を読んでくださった読者様もいらっしゃったら、気づかれた方もいるかもしれません。こちらは前作のヒーロー、海斗の秘書である愛実のお話です。

私自身も前作を執筆中に、愛実のような不器用ヒロインを書いてみたいと思っており、今回こうしてその夢が実現できて大変嬉しかったです。

なにより愛実と優馬のやり取りが微笑ましく、楽しく書かせていただきました。

愛実のようになかなか自分の気持ちを伝えることができず、不器用な人ってけっこういると思うのです。

私自身も、親しい人に対してはとくに素直な思いを伝えることができないこともあります。

愛実の不器用なところや素直になれないところに共感いただき、優馬の優しさにきゅんとしていただけたら嬉しいです。


今作でも出版にあたり、担当様をはじめ、多くの方にお力添えをいただきました。いつもご迷惑をかけしてしまい、本当にすみません……。

初めてカバーイラストをご担当いただきました天路《あまじ》ゆうつづ先生、イメージ通りのふたりを描いてくださり、ありがとうございました。とくに愛実の表情が愛らしくとてもお気に入りです。

そしてなにより、いつも応援してくださる読者の皆様。今作も最後までお読みくださり本当にありがとうございました！

またこのような素敵な機会を通して皆様とお会いできることを願って……。

田崎《たさき》くるみ

marmalade bunko
マーマレード文庫

天敵御曹司は愛を知らない偽婚約者を囲い堕とす
～一夜限りのはずが、カタブツ秘書は仕組まれた溺愛から逃げられない～

2024年7月15日　第1刷発行　定価はカバーに表示してあります

著者　田崎くるみ　©KURUMI TASAKI 2024
発行人　鈴木幸辰
発行所　株式会社ハーパーコリンズ・ジャパン
東京都千代田区大手町1-5-1
電話　04-2951-2000（注文）
0570-008091（読者サービス係）
印刷・製本　中央精版印刷株式会社

Printed in Japan ©K.K. HarperCollins Japan 2024
ISBN-978-4-596-96120-4